总第28卷

2021年春季号

# 诗建设

主编 泉子

长江出版传媒
长江文艺出版社

诗建设

NO.28

# 目录

## 开卷



## 诗选



## 发现



## 跨界



## 诗学



## 译介

杜小同作品
《雨后》
121.5cm×247cm
水墨宣纸
2020

# 开卷

Decoil

诗建设

雷平阳

雷平阳，诗人，云南昭通昭阳区人，现居昆明。出版诗歌、散文集多部，曾获人民文学奖、《诗刊》度奖、十月文学奖、钟山文学奖、华语文学传媒大奖诗歌奖和鲁迅文学奖等奖项。

# 雷平阳

## 诗选·5首

### 照　亮

在曼糯山中
一块巨石顶上有个小坑
布朗人说
——它是佛陀留下的脚印
我去朝圣。建在小坑上的金色佛塔
在透过密林的阳光里宛如巨石内
藏着的圣殿
露出了神圣的尖顶
尽管我看到的小坑已经被青苔
和落叶填充，看不出圣痕
给我带路的那个黑脸青年
他没有向上爬，他怕，他敬
不敢登临。跪在巨石的阴影中
频频磕头，足有半个小时
我在巨石侧面的榕树林里安心
等他。想象不出这儿是
地球的什么器官
目光再次投向巨石之巅
看见那儿射下来的
一束橙光，正好把他照亮

真的就像是佛陀
那一天正从他头顶路过

## 闪电与桉树

闪电开始时，人们跑到
自己信任的地方躲了起来
我信任桉树，它在两公里外的
山丘下。一眼望去，样子像
撒向天空的渔网，正在往回拉扯
一条条细长的白鱼悬挂在上面
当然它也像是一些灰白色的石块
有着绵羊胆小的心脏
因为躲避闪电从山上跑下来
跑到同一个角落，彼此抱住
马上堆起一座城楼
可当我从田野上走近它，仔细地看
发现它是一道复杂的闪电
被固定在那儿。找到此闪电
躲避彼闪电，如此危险，也如此
令人心安。我很快就站在了
一绺一绺的枝叶下。那一会儿
闪电撕裂天空像在撕白布
我低下头，想找块石头坐坐
结果看到了树底那口干涸的水井
——并且听见，有只蛤蟆
正在里面不间断地叫
像一个钻进黑暗的人在叫饶命

## 蝴　蝶

约瑟夫·洛克在丽江
采集了太多的
蝴蝶标本。滇西战事吃紧
他把家当连同标本转运到加尔各答
托付给军舰，借助武力
帮他把死亡之美运回祖国

蝶蛾类中，二尾凤蝶的警戒色
桔脉粉灯蛾黑透了的形体
原本可以绕开捕捉的手。但眼神和
疯狂的心，窥破了所有自卫
脆弱的本质。因此，取消美而美
源源不断，即使是传道者，他们
也不想错过天机——亲手制造毁灭
又亲手让美单独地“复活”
约瑟夫·洛克坦言：“与其躺在
凄凉的病床上，我宁愿死在
玉龙雪山的鲜花丛中。”
那儿到处都是翻飞的蝴蝶

军舰行至阿拉伯湾
被鱼雷击中。炸开的家当
他关于宗教的译文
编写的纳西词典手稿仅仅是零头
三尾凤蝶、红锯蛱蝶、玉龙尾凤蝶
——难以计数的蝴蝶标本
“天堂之火”一样被点燃
在大海的一角升起，熄灭

为此约瑟夫·洛克考虑过自杀

但他以死追随美的决心，很快就
打消了。战争结束一年后
他重返丽江，在巫师的帮助下
继续用英语编写纳西族百科词典
——能够接着活，他没有
在神灵主宰的玉龙雪山获得过什么
奇异的生存法门。其实他的方法
很简单：从此不再接触蝴蝶
做一份与宗教有关的差事

## 午间买猫

在昏暗的房内，卖猫的女人
从一堆遗物中抓出猫来
递给我。我的手接住了
一个幽魂，异美但令人心悸
门口破烂的棕树下，用电动剃刀
给老猫除毛，老头的脖颈
挂着一根大金链子，像一个恶棍
以搓揉旧羊皮泄愤。他歪过脸
看着我冷笑，手里的猫
趁机跳到地上。逃命的小怪物
仿佛在跃起与落下时弄丢了皮毛
他弯腰去追，用脏话责骂万物
屋檐下站着的几个邻居，抱着猫
狂笑着，但没有发出一丝笑声
我从臭烘烘的巷道往外走
走出这儿，仿佛就能走到
没有臭味的新世界。朝西一望
战争胜利纪念碑的塔尖上
戳着两朵云。影子东斜

在颠倒过去与再颠倒过来之间
保持着平衡。众多的猫舍里
纷纷探出人面，猫身留在黑暗中
告诉我我受骗了，高价买了只土猫
只要发情期一到，它就天天晚上
站在客厅厉叫，谁也扛不住
我也笑，只有笑声，脸绷得很紧

## 某

一

“沉静”中的危险性，分布在他们拥有的
各种蜜糖内。互相疏远的药品、书籍、衣物
外表尖锐的家具和言词反而保持了善意和平衡
“我怎么觉得自己被窗帘和蚊帐
严密地困住了？”即使在中午
她也会向同样受困于游戏机的少年求助
说不清从哪一个节日开始，他们发现
木柜、清晨、知识，凡此种种身边的一切
无一例外均是有罪的，屋顶是有罪的，邻居是有罪的
黑夜里的手机罪不可赦。所以她执意前往的梦境
也有了牢笼的功能。少年正用狙击步枪
瞄准一头怪兽的脑袋，她求助的声音带来了恶果
——怪兽在子弹射出之前，成功地越过了
游戏与现实的边界：巨爪抓住少年的头发
将少年提起来扔到了凌乱的书房地板上
“妈妈，请给我一杯樱桃汁！”疗伤最需要冰块
但少年忘记了，甚至没有意识到母亲递给他的
只是一杯隔夜的清水，平时用于施舍那些
幻觉中因为说话太多而嘴唇起泡的信徒
有时也用它浇灌从窗台上

移栽到记忆里的铁皮石斛

二

“去飞机场的路到底有多远？”从她所在的角度
看不到刚刚照射到窗外银桦树上的阳光
但她在面对窗户的镜子里，发现了
阳光，以及阳光所带来的飞机起飞时向上的失重
这每天都可能产生的发现与疑问，她并不希望
有人参与进来，而且“反反复复的飞逝与降临”
仿佛一个低俗的方程式，已经失去破解的价值
——在有限的阅读经验中，她也的确在语言的范畴
接触过不少古老的异端：一直被证伪
始终置身在审判台上，得不到广泛扩散，而又
总会死灰复燃的思想和行操。可她并没有足够的勇气
前往深渊去查看它们，直到它们反禁忌地
现身在日常的事件之中，她仍然自我麻痹
将它们等同于门槛、烛光、树叶天生的
对人的敌意。她是如此地憎恨精神上的探险之旅
不断地转换为寻找丢失的钱币的一次次原路返回
“嗯，我得想想，当一些特殊危机骤然来临时
我是否能找到体面的花样去应对！”为此，看见阳光
真实地射击在墙壁的那一瞬，她像一团火焰
在厨房里可怕地燃烧。食品之中，植物类有着
自腐的属性，牛肉与羊肉是祭祀的剩余之物
她将前者摆放在圆形餐桌上，将后者置于
长方形餐桌的中央——“给自己备下
两张餐桌，我只是想弄明白：饥饿至极致时
我会扑向哪一张餐桌，还是继续在两张餐桌间挨饿！”
脸上挂着饥饿的微笑，她企图像寒山子那样
从自己的影子中抓住一群异己分子，让一场
内在的暴乱猛然向外。她的愿望没有得逞
一部电影就此开始没完没了地在餐桌边

循环：暂停，倒回，播放

三

某：在某，失之某，哀于某
某年：蝴蝶战争爆发，地面上
落了厚厚一层触须、翅膀和复眼
街道因此向着天空升高，到达了少女的腰部
某月：无名氏躺在泌尿科的病床上，侧身观看
划过窗口的飞机。病床的高度低于机翼下
大片大片的灰色防盗笼，但离地面足有暗红色的一百米
某日：一份端庄的文件正式将“旅客”
更名为“人体行李”，“医院”“学校”“寺庙”
统一改成“修理厂”。文件的页码有墓碑那么厚

四

天还没黑，一张有污渍的小型银幕
提前挂在了两棵枯死的柳树上。
放映机是老式的长江350氙灯机型
音箱则是两位患上肺结核病的退休电工，蜷缩在
树底的阴影内。影片未经认真的排伪和筛选
直接取自某座民间电影博物馆，夜幕之下
肆无忌惮地发出爆炸、厮杀、集体性倒毙的混响
“站住，你还想逃跑？看老子
一枪崩了你！”一声霹雳般的断喝，路过的人
纷纷停下脚步，真以为身后有人端着冒着青烟的
枪口。“说，你到底说还是不说？如果不把你知道的一切
说出来，你只有死路一条！”没有预兆的审讯常常令人
方寸大乱。内心的秘密，说还是不说？在随后的散步中
你终于忍不住打开了嘴巴上的铜锁，向迎面而来的
陌生人，毫无保留地坦白：姓名，族别，党派，学历，职称
出生年月，家庭地址，身份证号码，联系电话
房产，存款，汽车……每天例行的俯卧撑

你也有意地把其中的一半改成了饮弹身亡的姿势
被一枪崩了的理由比路灯还多，需要在刑罚时
如实交代的“罪过”像公园内暗中怒放的连片的郁金香
“你等等，你等等！”某夜，一位舞剑的老者
追了上来，用剑拦住去路，目光如眼睛里刺出来的剑
逼视着你：“你刚才的申诉我都听到了。这些
隐身的罪人就应该碎尸万段，请你现在
把他们的名单如实告诉我……”电影里的情节
已经不能进行现在时态的修改；里面嵌着的人物
它们投射至我们中间的影子，同样手心握着真理
但你还是把他的剑拨开，走出了几步
突然又转身，将擦汗毛巾搭在他的剑尖上
低声向他问候：“先生，晚安！先生，保重！”

## 五

“现在”意味着什么？在街心花园人们垫座的报纸上
你偶然读到了一则故事：古刹的大殿倒塌了
三教九流的人纷纷解囊捐献善款。一座更加庄严的大殿
外加几十块功德碑，很快就出现在人们磕头的地方……
故事至此，“最完美的存在”令人喜不自禁，内心安宁
但这个具有反高潮属性的故事，它没有就此满足信众
罔顾此世的胃口，而是将戏剧性的“现在”
——悬崖边上的升天法会——按正确的比例
提前简化成了两个人的跳伞运动：信众中间
捐资数额最大的那位女士，她固执地爱上了古刹
年轻俊美的住持，住持同样爱上了她亲手建立的
金钱帝国。他们在大殿开光的当天晚上
“像月光里偷窃白银的人们那样”，影子支撑着身体
紧张，决绝，在倒退中用屁股顶开了古刹的后门

## 六

自己假扮成父亲，在呼啸的空间内

少年结识了不少真实的人：酒吧侍应、游戏玩家
户外运动达人、刀具或伪币制造者、电子烟批发商
典当行老板……他依靠凌驾在事实上的想象力，胆怯而又
老练地与他们周旋。他相信只要反其道而行之
不与魔鬼见面，不接受非分的馈赠，他就将百毒不侵
——长达几十年的诋毁、敌视、侵犯，他父亲
领受的遭遇教育了他：世界并不指望从某个人身上
得到半点荣耀，它什么也不缺，它只负责
用残忍隐秘的手段羞辱诸君，毁灭诸君
哦，复仇？“花名册上的名字全是恩公，我的父亲
到现在也不敢指认谁戴着脸谱。”他在尝试独立思考之夜
脑袋上方已经向世界伸出了一面白旗。他有权推掉
一张张精美的复仇邀请书，有权排斥以“世界”的名分
展开的围猎与谋害。他知道世界不是具体的某
但对世界具有的某的个体属性缺少体认
比如，他们——谁都知道他不是他的父亲，而是一个
穿上父亲的外套向世界表示好奇心的孩子
“世界”没有天生的理由凶狠地向他赠送成人礼物
反而只想让他单方面地把自己悉心准备的
小礼品，一点不剩地用来向世界致敬：他们
非理性地向他讲解侠客风骨，给他的信箱
发来一封封伪造的遗书，尊称他“先生”或者“阁下”
——他转过身来，脸上已经挂满泪珠子；再转过身去
他满脸纯真的笑容，把压岁钱、储蓄卡、典当行支取的货币
母亲的首饰，自豪地放在了世界的演讲台上
“够了吗？”他问某，某给了他一个天神辽阔的拥抱
升空的瞬间，在手机上拉黑了他

## 七

春风在屋子四周旋转，搅碎鸟啼，折断
明亮的树枝。她不需安抚的心脏，恶性肿瘤滋生的乳房
子宫里装满灰烬的香炉，像变红了的几轮月亮

从昏茫中同时跳到了肢体的外面。新世纪以来
街道边的白玉兰逐渐演变成夏天的冰雕
其褐黄色的、肥厚的叶片则接替了国营时代
机械厂工人满身油污的角色。她厌恨在她身上
发现白玉和冰窟的人，也无端地回避人们将自己
安插在有阶级性的铜像中间。往年的春风
向她力荐过“无我”。无我所暗含的终结与无趣
也讨她的欢心，但她出租了一个个多余的影子
与背后操纵自己的幽灵一刀两断，可某种无名的火焰
时生时灭，仍然灼烧着她，把四散的自我如数
送还给她。她的身体，因此一直被她封存在后退的
遗忘之中，那儿的一张铁床，也一再地后退
回归为白骨旁边一堆等待开采的矿石
“那些影子，幽灵，你可以从他们中间挑选
奴仆或者国王，让他们替你担当焦躁和孤独
用谦卑去抵消你在诸神面前显现出来的
无知与无能！”善意的醒示，有的来自动物园的门卫
有的出自无名氏未能出版的回忆录里，这一条
是她的主刀医师在病情证明书上给她的留言
多么荒唐，多么虚无，从医院回家的出租车上
她就忍不住抱着袋装的几张CT胶片痛哭不止
哦，见鬼去吧，什么白玉兰
哦，见鬼去吧，什么无我，什么无能
疼，此刻只有麻醉失效之后手术刀留在肌肉创口中
粉碎性的疼，罪恶的疼，无救的疼，放大的疼
她明显发觉出租车变成了一列负重的火车
明显发觉稀缺的爱，血一样正从伤口渗出来……
春风隔着墙体清点着玉兰树上空星星的数目
也到屋顶的露台上，给忘记收走的衣服胡乱地安排
时而干瘪时而孔武有力的客人。呼哨，在伊甸园之东
伊甸园之北、伊甸园之西、伊甸园之南
缥缥缈缈地响起。她近乎哀求，问了一声

“能给我注射一针杜冷丁吗？我想天亮前睡一会儿！”
街道上，脚步声杂乱，喊声震天：几个猎人
身上带着弓刀和土酒，从无量山出发
结伴沿着高速公路向北逆行七个工作日，月上中天
他们进入了异托城。恍兮惚兮，楼者山也
百木兮在野，他们在废弃的时间与律令中伐木
燃火，烤肉，喝酒，不亦乐乎，就像去到了
史诗中一直闲置，召唤人们前去入驻的宫殿内
——他们伐光了街边仅剩的九棵玉兰树
一支晨练的老年击鼓队，现在挥舞着鼓槌
团团围住了他们搭建的临时窝棚
篝火没有熄灭，一朵朵玉兰花有的装点着棚顶
有的会集在紧急赶来的两个防暴警官的脚边

## 八

“一条小船把我投送到大海的中央
我会骑着白鲸归来……”
阅读和写读书札记时，你会信手写下一些
有着烈焰外貌的片语只言，以便烧毁从海面上
翻卷而来的大量白纸。图书早已过剩
以海洋为主题，兼及方舟、孤岛和彼岸的诗歌
白纸就能证明它们采用的言辞死去了很久
缺少重生的神话基础。你正在阅读的剧本中
海盗换掉船长的遗骨，躺在灵柩内
模仿死者不可一世的声音恫吓跪在甲板上的水手
“我要用那把从海底打捞上来的鬼头刀
嚓，嚓，嚓，砍断桅樯，再凿穿船底……”
共赴鱼腹？抑或想将无主的船舰
从光明的大海上抹去踪影？当然也可能只想占有
船上的丝绸、瓷器和茶叶。你移身到了船上
想知道剧情是否会出现意外的转折
如果作者和海盗合谋，继续让灵柩里的声音

涂鸦式地涂改着现实与冥界的边线，坚持不给
你和水手留下真实的存活空间，你将从故事中途
迅速脱身，不想在文字中因为偷生而自判有罪
“这是我在剧本中又一次看见了我，样子像一条
被生剥了皮但还在波涛之间逃命的红鲸！”
写下这句话，你得到了解脱，手上的剧本
主动脱离手，掉了下去。下面是渊薮，无底，无光

## 九

登月成功前，精卫与凤凰结伴飞临现实
无名氏们曾得到过一座金山的奖赏
“现在”，全球变暖，海水煮熟了鱼虾，烈火由上而下
烧光了梧桐，精卫与凤凰正从现实中振翅逃走
无名氏们应得的惩罚却迟迟没有下达
他们一直在等，不知道盲眼的邮差什么时辰会来
——焚膏继晷的刀笔小吏也不知道：在凤凰的翅膀上
手握闪电，终生刻录众人都在逃离的“现现实”
而不是它揪心的对立面，也不是它未来脱胎换骨的
“新现实”。这份忘我的买卖，剔除高昂的成本后
还有没有笔尖那么小的一点儿苟活的利润
不知道。在某地，母亲将三个孩子，分别折算为
电流、恩光、婚床，逐一换成了毒品
为什么？她木然地回答：“我不知道，不知道！”

## 十

某地，少年仿照老人，用海绵巨笔蘸着清水
在地上书写古代诗句。她重新回到
那些疼痛的夜晚，不在乎身边的人来来往往，谁都
习惯了疼痛，对疼得在地上泥鳅一样翻滚的某
已经没有出手搭救的冲动。在表演疼痛的过程中，她
朝着人们泼出一桶又一桶黄铜铸成的泪珠，用按比例
放大了数倍的柳叶刀，疯狂地劈砍象征疼痛的橡皮老虎

你负责录像，保存记忆。设想中的价值远离行为的
文献性，而且以第三只眼审查，两者的行为
艺术性止步于复制，世相的残酷本质也因为
“对自己不可能痛下杀手”，无限地降低了下限
远不及闯入镜头的画面：少年之侧，一群少年身着袈裟
他们围坐成一个圆，观看圆心盘腿而坐的魔术师
从一卷翻旧了的《金刚经》里拿出一盏盏明灯
她的四周，蜘蛛在织捕鲨的渔网，几个水手
协助它抽丝。它体内抽出来的丝团，堆码成垛
像电线厂成品车间的堆放场。水手对着镜头
笑着说：“它是如此的神奇，永远不会被抽空！”
你没有看见。你看见。继续让镜头对准
少年和她。又有画面闯入，你用一本未读之书
遮住了镜头。黑屏。你最后把镜头转向了低垂的
苍穹，在那儿，光一样降临的信鸽
每一羽都有着三只以上的翅膀

十一

某沿着鼎盛喧闹的钱局街
挨家逐户地去收购骏马的骨头
“锯倒朴树，种植银杏，但在我规划的蓝图里
它们占用了凤凰木的圣坑。”用骏马的骨灰做肥料
某把凤凰木种在了钱局街尚未到来的废墟上
时间按骏马的速度不停地奔跑，凤凰木
像烈火一样蔓延。在某闭上眼睛冥想的下午
钱局街所在的城市已经脱离虚构
——红色的马骨灰、草木灰、铁灰、幽灵之灰
无声无息，等待着从天而降的清洁女神
——伪装自己早已身在未来，某还给未来的“我”
书写了不少焦灼的授奖辞、挽联和碑文。那种
骗世的羞耻感一直没能限制住他咬文嚼字的自由

## 十二

夜里登山时，无意中你与少年谈起了
来自顶峰的“神性救援”。罪身因为信仰的单纯
必然会得到怜恤。月光下，险峻的山路凭空而生
仿佛刚刚建筑，第一次接待来客。疑似有
无所不能之人正在你们前面奉命开辟。少年的心
也被自上而下的月光所掳掠，但他还是没有
走出教科书的重重迷宫，戴着铁冠道人的面具
将你引渡回山：“何夜无月？何处无竹柏？但少闲人
如吾两人者耳。”夜月，竹柏，闲人，吾
你已多年没有遇到如此奇异的词语了。少年敏捷地
攀上一块拦路的磐石后，伸出手来接引你
你避开了，想证明自己一身的蛮力还没有用光
直到失败之神即将附体时，你抓住了一根罗汉竹
后来又抱住了一棵古柏。少年因为你，看见了真实的
竹与柏，开心地大笑起来，揶揄你是一头得救的
“背靠悬崖的狗熊”。你们坐在磐石上，四个方向
月光下的顶峰激发了你数数的兴趣，但你坚信你与少年
没有停在同一条道路的中央，抬头所见的也不是
同一轮明月。而且，如同接受审判，你也明白
这个出自诡辩和务虚的结论，荒谬得令人窒息
你却只能选择应许的沉默。路政史上
所有的道路沿用同一条路基，命名、释义、功能
则变化万千，相同之处被一一删除。你不能告诉少年
你发现自己的路已经在某座顶峰前折断
你不能告诉少年：你为什么来到了虚无的边界
为什么内心向神却只能用竹柏救命，为什么一个
少年开口就能说出的真相却是你沉沦的窠臼
少年无视美学危机介入了日常的登山运动
他狂妄地露出了教科书之外自己狰狞的一面，举起一双
空手，对着高举明月之灯，白鲸群一样
破浪而来的群峰，大叫：“宇宙啊，我要征服你！”

你不能悲观地告诉少年：你现在的困局
白鲸群又变成山，一眨眼的工夫就是他的困局

## 十三

某说："你们生活在非现实之中。"
而你们也从路易吉·马莱巴的作品《恺撒之梦》中
获得暗示，"非法地"做着古人做过的美梦
她向后退却2500年，每晚梦见自己在某个地方
碰上了一头死去的鹿，用芭蕉叶遮住了它。她觉得
这是一个"梦"，但听她说梦的人在那儿掀开芭蕉叶
果然捡到了一头鹿。少年后退的时间与她
相差无几，天天梦见自己变成了蝴蝶，而梦中之梦
一只蝴蝶则托梦给他：他是一个由蝴蝶变成的人
你后退得没有她和少年那么遥远，到了唐朝就迷上了
不散的宴席，终日与神仙、高朋和幽灵饮酒作乐
醉卧于酒桌下面便欣然入梦。你日日反复梦见
你被恭迎到了现实中的蚂蚁窝，在槐树下的槐安国
做了驸马和南柯郡太守。这三个"历史性"的梦
在现有世界之外多给了你们一个世界。深陷
其中，你们就像借宿在城市中心某座建筑遗产的
三个房间里。窗外人马嘶吼，楼梯和走廊上
不时响起不同朝代的游客混合组建的参观团杂乱的
脚步声。某，某某，某某某，频繁地前来敲门
站在梦境的边界，朝着你们投掷铁箭、信札、闹钟
毒药、经书和《现代生活指南》。你和她不想开口
翻个身，接着入梦，少年偶尔会隔着梦与现在之间
不安的漫漫旅程，睡意蒙眬地问上一声："谁啊？"
过了几天，有人回答："我。""我"朝少年的梦中
扔进来了由蝾螈、青蛙、蝙蝠、鹰隼、苍鹭和排蜂
不同的器官拼合而成的一只怪物

## 十四

“砰，砰砰，砰……”端着仿真电子步枪
朝着荧幕上密林中的禽兽射击。公园转角处的
射击馆，唤醒了很多杀心萌动的人
门前天天排着长队。“砰”，一声悠长的悲鸣
是天鹅落入草丛。“砰砰”，一头白犀牛先中了一枪
背上喷出血柱，还想逃走，又挨了一枪
鸽子总是成群地出现在林间斜照的光影里
“砰砰砰”，甚至“砰砰砰砰砰……”，才会传来
天使的翅膀雪崩一样裹挟着灭亡的呼啸
“砰——砰——砰——砰——”，是什么动物
得以逃生，终于成为幸存者中的一个？或者
是什么动物，生命已然遒尽，还在清澈的溪水边上
猛烈地挣扎，一次又一次？哦，是的，一次又一次
那来自射杀游戏的子弹，当它们一次又一次
尖锐地穿过耳膜、尘封的战鼓、守护神手中
锈迹斑斑的铁盾，公园中只有半公里飞行能力的鸟儿
向外飞出了十公里，旁边的锌皮屋顶
一再的收卷成筒。“……砰……砰……”
隔壁店铺的翡翠老板某某，手上拎着串珠
有枪手从射击馆心有不甘地出来，拐进店内
他嘴巴里发出“砰”的一声，接着就问对方
“先生，今天手气如何？杀死了多少猎物？”
没有人会记住自己杀生的数据，嘟嘟噜噜地应付着他
而他，立即压低嗓门：“这些动物，你们将永远
也杀不完！”在他的视觉中，射击馆的主人
精通某种神秘的“法咒”，能把杀死在荧幕里的
所有生灵，一一地召唤到人世。不止一次
他看见射击馆的主人领着死而复生的动物
出了射击馆，在深夜的公园里漫游。而且
他说：“我看见这位先生用步枪，凶狠地逼迫那些动物
在树枝上，在草地上，在假山下，自由地交配！”

## 十五

装扮，易容术，忏悔，把自己推荐给别人，这样的事情
一些人已经不屑于再做。她前往天花板
向下静观她正在椅子上大口吞咽草药。她坐在船头
用橹片击沉了从海底浮出，抓住船沿求救的自己
她来到神学院的门外，告诉门卫她要探访
一个名字与她相同的教员，在神学院的图书馆
她提问，她抢答，盘桓了一个礼拜
某某著作里的人物惊现于街道边，看见她在路灯下
一会儿站在有光的地方，对着无光的角落
训斥自我。一会儿又藏身于暗中，伸长脖颈
让头脑接受光的照耀，并高声呼喊着自己的姓名
这个人物还同时看见：一阵东风贴地吹荡
灯下的落叶被吹到了暗处，一阵西风反向吹来
暗处的落叶又回到灯下。像一只无主的
金属家燕，带领着它众多的铁灰色影子。这个人物
总是听见一个声音：“哦，在某，失之某，哀于某。喜筵已经齐备
但是应召的人不配。”她没听见，少年和你，也没听见

杜小同作品
《天池竹石》之一
122cm×248cm
水墨宣纸
2017

# 生与美的缠斗
## ——试论雷平阳诗歌的命题与叙事

张丹

叙事，一直以来是雷平阳诗作的一个重要美学标签。这其中为何叙事，所叙何事，事是什么，也似乎理所当然地不言自明了。对雷平阳诗歌中的叙事，很多论者以一种现代背景与反思，先行地代替了潜进其诗中对“事”之形态进行认识。有时候，雷平阳也有意在自己的诗歌和言论中嵌入这样一些可供言说的线索。笔者认为这种线索很大程度上是一种寻求理解的妥协之策，如果论者据此直接进入诗的命题与叙事，对雷平阳诗歌的理解便可能产生误解与偏移，以至于无法抓取其核心的命题，进而理解他的诗艺。譬如其借助于真实地理对自我生命进行的象征性描绘，由于真有此地的原因，也往往被“地方性”一类充满误解的概念以偏概全地表征了。笔者的论述，从这里开始，再回到此处。

从根本上说，笔者认为雷平阳的诗作体现了生命状态与诗艺的同步性和争斗性。笔者不欲展开传记式或对位法的批评，而是打算自始至终从诗和诗人的美学出发，去呈现这种同步性与争斗性，进而切进雷平阳诗歌的命题与叙事。雷平阳的诗乃是出于自我之诗。其诗的事和人物几乎是服务于自我的观念和感受的（因此很难根据现实中有无此人此事去对某首诗做出理解和下判断），建基于生命与美之需要。我们知道，美在很大程度上是形式的凝结。而那个强有力的命题——我，当诗人或个人问“‘我’是什么”时，实际就已触发了形式的构建（可沟通性也在这里），诗人往往建构得更为精确。借助描写和表达，诗人为“我”这一疆域划定边界，形式在边界处产生。作诗，对雷平阳来说有这样的必然性，他的艺术是从不断刻画自我中产生的。

这里的“自我”却并非漫无边际的自恋，而是在刻画边界时所牵涉的自我与周边、他人、精神、肉身等种种关系。这也是形式给予生命的方式。自我与诗由于都受制于有限性而同时表现了对形式的要求、依赖和反抗。“我”是谁？于此产生了对自我和环境（世界/地方）间的关系的构建。“我”将做到什么？于是产生了诗艺与生命的不断向极处的冲击和变化。“知天命”似乎是不会在雷平阳的诗歌和生命中出现的状态。对有限性的认识产生了超越的渴望。生命选择了借助诗超越生命和诗的形体，诗的形式（限度）与寻求超越的冲突也会集于此。在这里，诗人不断绘出边界，是为了知晓界限，并承受边界之外，无论在那里的是虚无还是神。《亲人》一诗是关于自我边界的绝佳范例。这个边界当然越精确越好，因此，不断地叙事，不断地给定自我的形体，以至于以身犯险（这里的犯险，乃是就心灵/艺术的极境而言），成为雷平阳诗歌艺术的显在特征。

以《蝴蝶》为例。《蝴蝶》表现了诗人如上的美学特征。诗深入地叙说了一个“美”阻挡“生”的事件。诗人选取西方植物学家约瑟夫·洛克与在丽江采集蝴蝶标本之间的关系作为对象。这种关系，正是笔者前文所述的，是生命（对无限的生的要求）与诗艺（必然获取的有限形式）之间冲突的形体之一。在这里，美被表征为出自死亡或永恒暗夜（天机）的结晶体（“因此，取消美而美/源源不断，即使是传道者，他们/也不想错过天机——亲手制造毁灭/又亲手让美单独地‘复活’”）。诗人无疑意识到了，美在很大程度上就是形式，蝴蝶标本彩色的翅翼无疑是形式的范例。对美进行搜集和制作，从而渴望通过占有美而被美占有，这是诗人笔下的洛克在蝴蝶标本的采集中所经历的。美同时在其毁灭中达到极致（“军舰行至阿拉伯湾/被鱼雷击中。炸开的家当/……三尾凤蝶、红锯蛱蝶、玉龙尾凤蝶/——难以计数的蝴蝶标本/‘天堂之火’一样被点燃/在大海的一角升起，熄灭”），诗人用“天堂之火”一词说明了美在此时达至的极致形态。作为形式的美吞噬了洛克的身心（“为此约瑟夫·洛克考虑过自杀”），诗人在诗中清晰地指认洛克生出自杀念头乃是其“以死追随美的决心”。但诗中，洛克似乎并未意识到，正是美所必需的形式与死亡给生造成的绝对有限性之间的相似性，将生阻挡在了生命之外。洛克之所以没有为美而死，与其说是宗教赎回了其已经献给了美的心神，不如说是美的毁灭将生的无限可能重新还给了洛克。显然，与今天更多人把美视为愉悦的体验或生活花边式的点缀而言，美带给洛克和诗人的绝非愉快的体验。这种体验是暗夜甚至于深渊的，嵌入生命之深，与死别无二致。

生命与诗的缠斗作为一个命题在雷平阳近期的诗作中越来越重要地显现，诗似乎总在意图压倒生命，令生命为其沉醉与工作，但生命想要生存，这不难理解，我们从出生开始就在反复陷入对生的思念之中。这样的事实在真正的诗人身上自觉地存活。诗在某种程度上，对诗人的生存造成障碍与困扰。正如某种现代哲学所认为的那样，世界是一种表象，一种图景，一眼望去，高度的同质化几乎已经去除了差异造成的混乱，人们流于表象，无须深入交流也乐得其所。这种乐是抹去主体的，因为表象的生命也去除了差异与冲突。诗人的灵视（诗人也看，但这种看穿透了表象，故用灵视一词）无疑从这稳定同一的表象之中，觉察到一团搅动着的疯狂与不安：世界从来就不是可规划可计量的表象，而是去除了庇护的存在之险境。这就是雷平阳何以在诗中着意于现代生活中种种残酷的意象与事件，在这些事件的表现中，危险与绝望的特征几乎完全终止和驱散了表象：生命通过美，不断地认出自身，却是一种缺乏真实行动的认出，几乎是对生命诸种形象的静观或细思。现代写作者几乎都面临和表现这样的困境，如果美是现代写作者的使命，则人生除了生的疯狂与美的强占，别无他途。有人通过弃绝美获得了宁静，如《蝴蝶》中的约瑟夫·洛克。对有的人来说，美无法弃绝，生也无法展开，剩下的路，是自杀或活在绝望之中。《某》这一新近的组诗中，诗人就指认这种生受到阻滞的绝望状态，诗的开篇即抛写出"'沉静'中的危险性"。

"沉静"中的危险性——这一现代写作者的根本性处境，也让写作者比他人更多地领受到现代生存之苦。"'沉静'中的危险性"如何体现呢？诗人在其中发掘的是一种新的物活论。诗人接着写："互相疏远的药品、书籍、衣物/外表尖锐的家具和言词反而保持了善意和平衡/'我怎么觉得自己被窗帘和蚊帐/严密地困住了？'（《某》之一）"这便是现代的物活论。万物之中仍然有神，在药品、书籍和衣物之中寓居的是互相疏远的精神和生存，家具的形神与尖锐的言辞间正好形成一种抗辩的张力结构。困住一个人的，并非雨天的泥淖或现实的窘境，而是作为生活用品的窗帘与蚊帐。这是一些新神。尼尔·盖曼在其小说《美国众神》中，展现了从技术中诞生的新一代神（笔者打算称之为用物之神），与旧神之间的众神之战，此时所有神其实都已化身人形，以邻居的方式生存在人的周围。雷平阳的这组诗作中，古老的历史和神明同样并没有离去，它们通过书本，通过电子屏幕、日常生活的场景，一再地试图将自身联结进现代人的生存之中，而这些用物之神，一方面暗示旧神的存在，另一方面却阻碍生命与旧神的联结与复苏。只是让一些不断重复的拟像或写照（射杀游戏、电影银幕、书本……）进入生命。人可以游荡，可以居于室内，可以参与现代文明提供的充满刺激但没有危险的活动当中，但这里面缺乏行动的时空和依据，也因而没有行动。用物之神已经预先设计了种种凌乱情形。诗人则需要从纷繁的物和物感中，去排列和赋予唯一的美与神。这其实是一场现代形式向生活的争夺，其危险与艰涩也正在于此。诗人这样写道："往年的春风/向她力荐过'无我'。无我所暗含的终结与无趣/也讨她的欢心，但她出租了一个个多余的影子/与背后操纵自己的幽灵一刀两断，可某种无名的火焰/时生时灭，仍然灼烧着她，把四散的自我如数/送还给她"（《某》之七）。生与美缠斗的复杂性在这里已经非常显见——"无我"意味着形式（美）的取消，"但她出租了一个个多余的影子"，也就是说，诗中人物尽管知道"无我"，但仍然不免选择了形式。但影子这样的形式是不可能有生与行动的，其断开的是"操纵"着生的幽灵。生遭遇了阻碍，但生的冲动在此成为"无名的火焰"，"把四散的自我如数/送还给她"，缺乏行动的自我当然是"四散"的了，在不同的诗中以不同的面目现身。这里，四散的自我不仅仅意味着自我的碎片化与分裂，还有诗人将自我目击耳闻的各种现代生存依据形式的原则纳入了诗的自我之中。一种交流和沟通的价值也在这里发生。在此意义上，诗人虽然曾自言是现代文明的一个偷渡者，但事实上，他并未偷渡，也并未躲开，或去往侧面。而是成为现代文明依据自我的直接深入者。在他的深入之中，他看见"下面是渊薮，无底，无光"（《某》之九），但仍选择跌下这渊薮（虚无），无底无光的渊薮因为诗人的无尽下落意外地产生了美。无行动造成了深刻之识，行动则强调与生的同一，不需要去看去思考那许多。两者，一为现代的情形，一为前现代的情形。

我们自此来回复雷平阳诗中的叙事。在前文中，笔者称雷平阳诗作的一切来源为自我，一切以自我为根源的文学和哲思常常都被视为浪漫主义的。也有不少读者或论者会据此反对笔者的观点，因为在雷平阳的诗之中，其采取叙事的策略造成的非个人化效果乃是显见的。但事实上，诗歌中的叙事又何尝不是浪漫主义走向现代的自我毁灭与变形呢？现代哲学中有一种"事件"转向。事件是叙事的最小单位，事件的发生打断了世界的连续性进程，造成了裂隙和渊薮，黑暗与光正是在这里涌入的。人是在事件的突入和断裂中才得到了认出人生真相的机会，而非在平滑逝去的那部分时间中。生命中大多数时间注定陷于遗忘。生命中偶发的事件则以瞬间而永恒，更接近于记忆的特征。人们也只是在意识中一番翻检，那些可以和生命的命题相勾连的瞬间，才构成意义的时间。

雷平阳对"自我"的构建是通过领会事件来完成的。这些事件，有亲历，也有与生命和美的关系之命题相连的道听途说（神话、人事），自我的疆界在诗歌中一经划定（有效性只在诗本身），生命便显示出其有限和孤独失联的本质（无我虽好，却也失去了诗），自我继续在诗歌的役使下不断以各种形貌出现，始终没办法与世界，甚至另一生命达成本质同一的沟通。形式与形式、形体与形体之间的阻绝性因而才是本质与真相。诗人不断地写，不断地指向“我”，承受因“我”而来的与世隔绝，无法行动正是现代虚无主义的表征。在此，叙事已不仅是策略，而是与命题相匹配的形式。塌陷的现代之“我”，不正是膨大的浪漫主义之“我”的变体吗？从抒情转向叙事，不也正是对“我”从行动转向认识的这一转变的回应吗？而认识之所以发生，正是由于自我的分裂，需要求助于形式。

而形式真能满足吗？《午间买猫》一诗对这一问题复杂多义的回复堪称绝妙。诗中，“我”在午间买了一只猫：“逃命的小怪物/仿佛在跃起与落下时弄丢了皮毛/他弯腰去追，用脏话责骂万物/屋檐下站着的几个邻居，抱着猫/狂笑着，但没有发出一丝笑声”。再至后面：“（纪念碑的）影子东斜/在颠倒过去与再颠倒过来之间/保持着平衡。众多的猫舍里/纷纷探出人面，猫身留在黑暗中/告诉我我受骗了，高价买了只土猫/只要发情期一到，它就天天晚上/站在客厅厉叫，谁也扛不住/我也笑，只有笑声，脸绷得很紧”。这里，纷繁的形式变幻表现在：剃毛时仿佛弄丢了皮毛（形式）的猫，狂笑（形式）却没有笑声的邻居，有笑声却没有表情（形式）的我”。猫舍探出人面（形式的扭曲），高价买到的猫剃毛（形式的剥除）之后被发现是一只土猫，纪念碑的影子随时日来去颠倒，则指向形式也会对认识形成的谬误和阻挡。生命与诗歌具有同一性的诗人，除了在形式与虚无间沉溺/抗争，没有他途。

在笔者有限的阅读经验中，对生与美之争这一命题，雷平阳比当下许多诗人更有自觉，也走到了非常深入的境地。诗人一直在寻求无终点的尽处，承受美与无在界限上的恐怖，也是在共同面向无的问题上，美与生取得了一些同一性。这恰是现代写作者不可或缺的命题。现代人对生命的体认向内转之后的种种体验，也因此才能在诗人所作的诗中取得可被认出和沟通的形式和场域。而诗人通过作诗对形式与场域的先行取得，乃因为其亲身切入了现代人生的孤绝本质，并在这里承受和抵抗着常人难以承受的虚无。在笔者看来，现代文学的使命在于重新取得联系。在此意义上，诗人之作诗本身，是充满勇气的行动。

诗建设

# 诗选

## Selected Poems

# 多多

# 无语词语·7首

## 无语词语

深处无求，极亮处无光，无灯而有影，未见空无

是无不是空，邀你前往非写作即不能抵达之地

诗歌即进入词语，在人间寻找人间

无方向即无边际，迷失即谜底
且把说者一直在说而从未说出的称为途中

寓言一直就是恶的异化，善仅源于权力的自虐

虚无是具体的——刀光剑影

心不是肉长的，创造它
以此分辨出星辰以外的家园

每一粒沙子匹配一个神话，遗忘已是我们共同的遗产

你写，你活着，离开了苦难，你什么都不是

唯抵达你所不是，陌生处才会收养

没有不存在的，说出即在，在而不能触及，跟随它

你写而你不配有目的，你出声亦被无声追赶

从这不可言说，无知来自已知
尚未保留从来，词语仅毁于准备

挖开你的沉默，无词并非无效，其间有智力的崩溃

在功夫之上，爱从未进步，不朽则意味着诅咒

用尽这耗尽，这虚度的虚无
谜自语，空白自语，被动者得其词

说事物——那说者，即说词语之所说

在无梦的水平上，无为已顺应了纹理
但在无用之上，词拒绝无词

重写是写作，重复这极少，少，因克制
词向前紧缩 ，缩写这重写

悖论允许矛盾调查，唯奇词解洞察之动机

在自主的无言里，不解沉默，存于无解
笔迹已类似森林，在主的无言里继续言语

当下可以被留驻——不在时间里

从无声抽象出召唤，超越已是相遇

晚期是对早期的确认，成就迷宫
源头仍在词内，劫获刹那

空处确立来处，道出已是去处，高处仍在原处

从生之值得，死者仍用生者的语言沉默

没有最后的，这流程，从起与止，止于开始

无法停留，已是离开，一直在离，已是出发

你就是你之所失，剩下的是词，它开花

死即无时，尽头无死，立命处，到死为真

祈祷，但换了主，唸，唸——流传……

2020

## 灯紧挨着烛

灯内全是念头
在睡眠之外
　醒着之外
在这在与不在之间

头内的灯亮了
擦去暗示吧
你扶着灯影站起
扑向更具人形的地方

完全与写作平行

## 词内无家

无名，无坟，无家
无名歌唱无名

再多一点无声吧
无声，高声

天空敞开了一会儿

深寂深处的波涛
已经涌上

上升到你自己

## 好风来

来，已跟着去
为无知而来而去

一如水之流动
所带走的，所补齐的

一如风之演奏
所抒发的，抒展的

逝者投入风铃的声响
好风好消逝

好风来

## 在多远的地方

多久守着多远
守着人之旷野
且独属于人

在多远的地方瞎着
这无神的几秒
这无效的无言
找到它的祈祷物

只在你眼中歌唱
这应许之地

## 听你声音中流血的旋律

舞蹈的牛奶屋
到达平安处

那里已不再有孵化
也没有进一步的死亡

那里已不再是地带
你们在一起了

那里再次说出这里

## 从前来的光，唱：离去

闪电的头
那是你的歌
回到动荡的蓝天
你是它的另一种欣喜

活在止处
止于最充分处

明天已经过去
已经给予
过去仍是未知的
已经说出

止境属于你
无人能有那名

# 朱永良
# 我读着鞭挞灵魂的书·11首

## 胡亥的愿望

始皇帝三十七年，胡亥登基，
但这没有使他沉浸在皇帝的荣耀里，
一到夜晚他就常常想到父亲的死，
想到沙丘，想到炎热的夏天：

　　一大队皇家的人马奔走在回咸阳的大道上，
　　一担鲍鱼伴随着始皇帝的尸体——
　　李斯、他和赵高决定用鲍鱼的腥臭掩盖尸臭。

好长时间，那鱼腥和腐尸的气味
使他寝食难安，失眠折磨着夜晚。
又一个失眠的夜晚，二世皇帝心生一个愿望：

　　“但愿朕能寿终正寝，
　　但愿朕能安静死在自己的床上。”

2015

## 那些灰尘……

那些灰尘像阳光
在夜晚则像空气
包围着你，紧紧地

它们进入你的头发
进入你的血液
进入你的梦境
甚至侵入你的基因
那些灰尘，想把你
改造成新的物种

2016

## 我点亮……

我点亮房间的灯
房间一下由黑暗变得明亮

我摆弄一番老友般的书籍
在混乱上增加混乱

还有一盏灯也被我点亮
它时常地被我点亮

但它并不在房间里
也不在房子外

有时我能点亮它
它会照亮仅仅属于我的空间

有时我怎么也点不亮
我只能沮丧地面对一片黑暗

2016，哈尔滨

## 如果我开始……

如果我开始学习祈祷
我将要说些什么？

没有人走近我
没有人走在我的前面

我是打开书
还是打开石头

我不断地打开门
但我看到的不是道路

这时，我要说些什么？
我需要另一个时空吗？

或许我真的需要
但更需要的是新的言辞

用它们说出我的祈祷

2016

## 我读着鞭挞灵魂的书

我读着鞭挞灵魂的书
那一行行文字忽然动起来
它们一会儿排成长队
仿佛长得能穿过西伯利亚
倔强地在严寒中摆动
它们一会儿又像是省略号
向远处不断地延伸
清楚地说着某种苦难
无尽的苦难，无法说尽
有些文字忽然集合起来
都是些名词，构成一个个事件
让我仔细地看着它们
让我重新读出它们的声音

那些长长的队伍
那些不断延伸的省略号
那些重新读出的声音
都在鞭挞着我的灵魂

2017

## 视　频

当这里夜晚渐深
我看到那里上午的你

枫树已有金黄的树冠
充满九月的静止

你的声音，你的眼睛
还有湛蓝的天空

每天阳台的栏杆上
还有知更鸟来吗？

或又闻到臭鼬
在起伏的乡村公路上

此刻，一想到你的咖啡
我就想再次飞越北极

2017，哈尔滨

## 我看着……

1
我看着这面墙
这是面白色的墙
白得什么也没有

白得仿佛是虚无
但它确实在那儿
它在为某些事物命名
比如，看不见的时间
比如，被设想的宇宙之外
还有无穷无尽的未来

2
我看着一排书架
书缺少秩序地排列
那是我的兴趣制造的混乱
那是我偶然创造的秩序
我让哲学挨着文学
让历史混入文学
让希腊诗人挨着俄罗斯诗人
《史记》挨着《布里格随笔》
布罗茨基和奥登之间
隔着一本厚厚的叶芝
而薄薄的《道德经》
左边是《百年孤独》
　　右边是《T.S.艾略特文集》
阿赫玛托娃在好几个格上现身
就像博尔赫斯，不时地
与另一个博尔赫斯比肩而立
当然，还有陶渊明
不同开本使他变得时高时低
……

噢，对这独有的混乱
我充满了深深的迷恋

2017.11

## 为什么日子像……

为什么日子像沏过几遍的茶

越来越淡，越来越没味
请不要对我说明天是晴天
或者后天是个好或更好的天
不要用许诺勾引我的欲望
我只想要一个真实的下午
有阳光从阳台的窗户射入
我要重新沏杯茶来改变日子的味道
用清新来唤醒昏沉的我
让我灵魂出窍
像一件刚刚洗过的格子衬衫

2017

## 1949年的阿赫玛托娃

俄罗斯的夜莺，你怎么啦？
我刚刚为你1947年的咏叹欣喜
忽然，你跌入1949年的谷底
你的声音变得沙哑而粗糙
高高的声调向上仰视着
你的脚下是你的人格
你想用什么换取什么？
我想，你清楚你的耻辱！
这更让人悲愤成尘土

1949年的阿赫玛托娃呀
要等多久你才能重新找到缪斯
用西里尔字母记下她的叹息

2017，哈尔滨

## 打开一本书

打开一本书，一页白纸
一页白纸，又一页白纸

打开一本书，一行文字
一行文字，又一行文字

打开另一本书，我看到音乐
一个旋律滑向又一个旋律

打开另一本书，我发现灵魂
它在舞蹈，并驱逐掉活的耻辱

2017，哈尔滨

## 无　题

维多利亚公园的柳树垂下嫩枝
酷似颐和园的四月，还有相似的玉兰
一只白天鹅在河中游着
午后的阳光下人们散步，悠闲
像河中或草地上的野鸭野鹅
忽然，那只天鹅在河中翘起翅膀
它的脖子呈现着完美的曲线
一只孤独的天鹅，一种孤独的美

2018.5，加拿大滑铁卢

# 臧棣

# 柿子的神学简史·6首

## 记弘一法师，或弥陀岩简史

生动的遗物中并不包含
踏破的铁鞋：早年东渡日本，
大师也曾非常文艺；救国的间歇，
他曾男扮女装，化身茶花女，
想象着这肮脏的世界
曾有数不完的美丽的玛格丽特
被命运压抑在傲慢的黑暗中；
时代充满了误会。戏剧是炸弹。
嗓音一旦惟妙惟肖，精神的动静
不亚于引信已嘶嘶作响。
而浓妆的美艳不仅是角色的需要，
更像是一种新颖的复仇。
新世纪的曙光召唤过
他的青春，但微妙的反应
也常常突破心理的底线：
每一个试探，都意味着是否
还有机会在人的觉醒中
反思一下我们是如何被断送的。
在虎跑寺出家，用心灵对决历史，
他深陷在另一种先锋色彩中：
绝对的智慧可用于一个人的虔诚。
既然所有的解释都不管用，
那就让逃避来升华最好的轻蔑。
南洋归来，住锡在承天寺，

朴拙比清癯更构成人生的侧面；
早已破产的人世仿佛再也
不能因人而异。唯有悲哀和欣悦
可让南方的晴空交集于
一个透彻的肉身。弥陀岩上，
他跏趺盘坐：一尊石像
居然比所有的真容更能揭示：
他曾偏僻于苦行，比外人能看见的，
更激进于生命的觉悟。

2019.12—2020.1.15

## 铲雪简史

开始时，只能听到
轻微的声响，嚓嚓的，
节奏紧凑，兴奋得有点像
从业余的打击乐乐器中发出来的……
我不可能想到会有人
用那么尖利的铁铲对付我；
要知道，飘落之前，
我的物种记忆里回荡的，
全是肌肤如凝雪之类的赞美。
所以，我脑子里只剩下
一个信念：不仅要雪白得
令干净的天性吃惊，更要雪白得
像是出自一种神秘的义务。
我怎么料得到纯洁的命运中
会有这么多的小动作；
渐渐地，那嚓嚓的响动
离雪白的心跳越来越近，
下手越来越重：我的白耳朵
被铲掉了一半，我的白肩胛
被铲开了一个洞，我的白胸脯
也被铲得只剩下累累伤痕；
渐渐地，像催眠了似的，

我意识到我犯下了白色的重罪：
我堵住了道路，我压垮了
质量可疑的违建的房顶；
我冻成了白冰，我摔倒了
一个拄着拐杖过马路的行人，
我掀翻了一辆打滑的小轿车……
不停地铲除，造就了
我对幸运的偏见：我的牺牲
或许可以为山坡上的积雪
赢得白色的时间。我堆成了
反射刺眼阳光的山墙，
而在我腾开的地方，
一辆运白菜的大货车
滴着肮脏的油渍，微微颠动，
驶向人间的小心翼翼。

2019.12.18

## 羊齿植物简史

活下来，但拒绝归入
任何意义上的幸存；
来自桫椤的教育，甚至更冷僻——
比原始还绿，意味着
不论我们的旋转
出了什么问题，你身上
始终有一个新鲜的你
比羽状历史记载得更古老。

熟悉的轮廓。至少环境
没怎么变，但气氛却突然灵异得
有点像你必须发誓你记得
你是在哪里握过幸运之手的。
你必须用清晰的记忆澄清一个疑惑：
腰带上绑着滴血的锦鸡的偷猎者
曾用它们的嫩叶擦屁股，

但它们不会记仇。

它们会怀念雨霁的时刻，
并耐心等待新的分类。
与其说你看见过它们，
不如说你发现过它们——
它们是认真的，不会因人的丑陋
而耽搁神秘的祝福。有何世界末日可言？
假如你能确认：这些可爱的蕨类
是可以和心灵直接对话的植物。

2018.9—2020.1.11

## 柿子的神学简史

和往年不同，柿子树上的果实
多到从来就没数对过。
有谁能体会，这数目的含混
像一个小花招，不停地放大着
丰收的喜悦。而我的邻居，
他急需冷门的神学来解决
柿子和偷吃柿子的鸟类之间的
灵魂问题。他急需形而上的
缝隙，来撬动内部的
一个死结：他种下了柿子树，
这没有问题；有问题的是，
那些吃柿子的喜鹊、白头翁
或三道眉真的不懂得如何
分辨这棵柿子树的归属吗？
抑或这些欢叫着享用美味的
偷食者从来就不需要分辨
谁才是柿子树的主人。他的辛劳，
身体上的，特别是心理上的，
对那些鸟来说，不过是时间的空白、
意识的缺席。那些顺着脖子
滴进泥土的汗水，已令他独享了

种植者隐秘的喜悦，这难道还不能
让一个人满足于他几乎参与了
造物的过程？而那些鸟的出场
更像是神秘的分享环节的
一个自我完善。成熟的见证者，
它们聪明于鸟类的本能，
这难道也有错？而他急需神圣的洞察
来纠正世俗的盘算：假如他
没有种下这棵硕果累累的柿子树，
那些鸟将如何度过这个格外寒冷的冬天？
难道它们感恩的方式，就是
不停地摆弄灵巧的身姿
变换着花样，偷吃人的收获？
抑或他更急需一个乔装的天使
放下身段，用纯洁的影子
靠近他的疑惑：将吃柿子的鸟
归入小偷的行列，不仅有点自私，
甚至这想法本身就很原罪；
它们吃掉的不过是树枝上
颜色橙黄的柿子，谁能证明
那些果实上可曾刻有他的名字？
他急需上帝的偏见，假如我作为邻居
提供的安慰是不合时宜的：
那些鸟的啄食行为展示了
大地的意愿，而他现在急需的，
是从一个想象的个人损失中跳出来。

2020.1.9

## 人在开元寺，或混沌简史

毗邻闹市，缭绕的香火
随缘这世界依然很素材——
美丽而高大的刺桐
比榜样的力量还好看，
东边的塔怎么着也都比

西边的塔，更具雄性的模样；
很多东西都曾触动过法眼，
但最难忘的，莫过于
墙壁上画着的原始野兽
一半像天狗，也半像棕熊——
不耳语，不打听，就能看出
它是混沌的人，毕竟是少数。
《淮南子》的题词还算及时：
古未有天地之时，惟象无形；
但只要涉及大事化小，
就难不住精神的自我训练。
正如庄子猜到的，神话世界里
斧子和凿子都是现成的，
关键是如何报答神秘的友谊。
现在想来，从黑暗走向光明，
如此曲折，如此艰难，
都和为了好看，只凿了七窍有关。
要是给我同样的机会，
我至少会多凿五百万个小洞——
一个比一个漂亮，既然这意味着
时间会倒流，意味着新生之际，
只用一双眼睛看宇宙本身是不够的。

2019.12—2020.1

## 腊梅学简史

放眼望去，万物静止在天寒中；
风冷得像时间之神
差点就在黎明的坡地上
冻掉了所有的脚趾。

想听真话的话，比细雪更深的
心灵的缝隙，几乎没有。
没错，作为一种真相，
肃杀比气氛贡献了更多的轮廓。

角落里堆积的枯叶
如同原物已放回到原处。
非常安静，甚至包括了冬天的序曲
比裸露的北方更适合开耳；

甚至人生的冷暖都显得太笼统。
就在你以为再没什么可观之物时，
它被它自己的小亮点
反衬在道旁的智慧中；

斜出的枝条，递来的，
远远不只是前世的记忆；
非常暗香，比新蜡还剔透，
直到让主人和寂寞都见鬼去吧。

2020.1.17

## 古风

# 第一根烟·6首

### 第一根烟

什么都行。
天边云彩，麻皮似
殷红的落日。
广场放电影，露天银幕
反过来，军人坐小板凳。
我顺细水管，够着
越过围墙的碎玻璃。

阿飞厉声：嗨！买包烟去。
前后搭手，我下地，飞奔
弄堂口烟店，飞马牌
大前门，找的零头
他说给你。抽一根！
烟味呛鼻
云浮上空。

阿飞落伍，
纯粹的义气
组织成斗殴。
败下阵，他衣角
烟星溅出的洞
像婚姻补丁。忽地广场
升出住宅楼，晾衣服的竿子。

## 避　让

我的沉着、坚定的云儿，
我头顶忽悠地飘，
我至少年龄一小段里
淌呵，踩、埋、没、窒。

时日喉管一把逮住，
你说我拥有一生积蓄，
你说不朽就是消失
不可能的事，变成

打灯笼的照人，
照已不得已的衰败。
欢乐就是忌口，
鱼贯像倒倏，人流中。

## 青　山

即便是，斜阳中唐朝，
如今空空如也，断壁
游人短促的笑。

我们近游一圈
血脉，相连和阻塞
年轮舢板的底。

勇退像界线，
两头两尾，断了线
仍在飞的，青山隐去。

## 亮天空

节前厚厚，隔日的雪。
冻凉，还算有灯，

头颅大亮。

扬起它的
浑圆，混杂地。
天昏地发亮，关市。

你的大吉，但拉网
鱼崽子溜冰，
鱼儿冻土下，透亮的。

## 那时日

潮，灰暗的雾，
隐约楼影。
退休的酒席，昨日就是
从今后的一桌，某个卡。

仍然是，日日像我昨日，
迟早也须回家的小老头，
鬓白，天暗，夜晚吊销。

我活黑夜之反面，
反向思维的电梯。
反着就是不从，
不依循，小时童车的那日。

在我眼下突入的
在我不在的那时经久滞留。

## 酒　席

问题不在杂质停了多少天，供应胃
搅拌的菜泥汤。
多少浮游，添着滋味
浮上的烫油。

蝶泳的各式公民
公平分竞技的筷子。

多少头颅愿抛撒
红版图的省市，风味菜
叫嚷着滑下油锅。
家庭共食，和善的母亲拆鸡腿，
换着法子串联
味觉的生物链。

睡了拆骨头，悠久
传承的秘方。
牙床、蛀了外环线，
酒足，和着饭饱。
消夜的幸福逻辑
换来的满席酒宴。

# 李曙白

# 沉默的一群·10首

## 林　中

我们都已经接近那个神秘通道的入口

一枚果实落下　落叶和光芒
同时照耀树荫中的路　看林人的木屋
孤独地守望渐渐远去的寂静

因为前后的差异没有相遇的两个人
他们走在同一条山路上

## 存　在

一个人因为另外一个人的生而死去
不管生者走到哪儿
我们看到的仍然是死者的身影
和死者的面孔

生者活着
但是死者存在

在一块岩石上面种草的人
他更相信石头内部的绿

## 虚　无

你把梯子搬到场院中央
你喊：葵花呀，葵花！

马停止嚼草，从食槽中抬起头
飞过的鹰施舍了一根羽毛

你把梯子搬到场院中央
你不知道能攀登到哪儿

葵花生长，大片大片的金黄
鹰的羽毛还在空中飘着

一匹马的梦想是在月光下奔跑
你把梯子搬到场院中央

## 今　晚

沿着湖岸沿着柳树下的小路散步是不是一种罪过
在一片虞美人花前驻足赞叹它们的美是不是一种罪过
这些白色的、橘色的、粉色的
和罂粟同属一科的花儿在月色下摇曳是不是一种罪过

这残忍的春天的夜晚呀

## 寂静令我不安

这几十年
我一直生活在一座大学校园中
我熟悉那些熙攘与喧闹
熟悉林荫道上背着书包的匆忙身影和自行车的铃声
熟悉球场上的奔跑、争抢和摔倒

熟悉食堂窗口排队的拥挤
熟悉铁打的营盘流进与流出都是活力四射的年轻

此刻　我走过静如未开垦地的校园
在图书馆门口　关于闭馆的通知
像一只白色口罩

## 夤夜，在大兴安岭腹部小镇

星辰和灯火都已经陷落
一匹马　白色的背脊耸动着
从暗处走入更暗处

江山辽阔　我只怀揣小小的梦想
无人过问的秋夜
一块石头的凉是所有山影的凉

夜行列车依然穿过旧时的林场
用一声汽笛填补长夜的空旷

## 青石谷

在青石谷　一只躲过了瞄准镜的兔子
没有能躲过草丛中的套索

在青石谷　结完果实的树被砍倒
石头被风赶来赶去
溪流终止了封冻　但是河水已经浑浊

在青石谷　反复被放牧的羊群
对狼影迟钝　但对鞭声保持着警觉

## 沉默的一群

这沉默的一群
这桥墩和中心广场上雕像的基座
一样
沉默的一群

他们散落在这座城市
在一幢幢板着相同面孔的楼群深处
在树荫深处
在淡黄色的街灯和霓虹灯灯光的深处
在早点铺的嘈杂和菜市场
讨价还价声喧闹的深处

他们不抬头看天空
他们与星辰从没有交集

这沉默的一群
他们沉默地搬动石头和木块
他们在建造
另外一座城市

## 磨

有时候它是名词
有时候它是动词

这就让我们对它的认知产生困惑
沉默的　淳朴如一头
耕牛　或者两块冷血的石头
做相对运动　添加在磨孔中的一切
坚硬的碾碎　柔软的成浆

两块石头　只要足够粗糙
磨是人类最有趣的发明之一

与磨天衣无缝的　当然是驴
驴一直都在路上
它的执着源于它信赖的远方

## 从布莱顿海岬回转

树林幽暗　夜色
比我们预想的来得更快
海在另外一边　水浪的拍岸声
加深了寂静　关于狼群出没的提示牌
一再出现　像鞭影晃动
落叶松和灌木丛　你朝每一个方向
都看到一闪而过的影子
裸露的石头潮湿而光滑
总是配合着某个隐蔽的预谋
在山路上行走
你正感觉着脚下松针的柔软
突然就被横过林间小路的树根
绊了一下　像是有人把你从一个梦境中
拽出　远处的灯火
一会儿被林木遮住
一会儿又显现微弱的亮光

# 冉冉

# 写给狗狗麦兜·6首

## 信　心

信心是你历经多世累劫
仍然相信能够遇见我

信心是你走过万水千山
依旧确信能够遇见我

信那未曾遇见　将会遇见的
信　就一定能看见

麦兜
我的耳朵像春风一样张开
我听见了你喊桃花雨水的声音
你喊大路小路岔路的声音
你喊我的声音家的声音
你的叫喊像神谕一样简洁沉静

## 夜　游

夜那么深
岩坡隧道都凑拢来
充当坦途
我们从大坪出发
抄鹅岭近路　直奔上清寺

雾气最重的一段已经过去
我的腰下得跟你一样低
脚踏窸窸窣窣的落叶
你的速度快过马驹
麦兜　你的一年约等于人间七年
为这短暂的相聚
我们要试着把尘埃里的苦尝遍

蹑足疾走　满城灯火映入眼帘
看啊　那些明明灭灭的灯盏里
有多少失眠者在划船

## 高　音

五百个高音在剧场
五百个青年人在合唱

层层叠叠的高处已安静
岸边和低处的街巷还有点儿喧嚷
路桥和建筑的光照全打开了
山城正以嵯峨绵延的声响
呼应五百个高音的合唱

江水中有什么被拉伸到极限
激流里有什么刚翻起便匆匆滑逝
水手在城门挂上硕大的铁锁
可有什么器物锁得住历史和悲怆

唱起来，默默哭泣的人们
把音声放宽放高　加入这群体的合唱
像纤夫喊退险滩一样
把我们心中的块垒喊没
瞧　固体发出声音有多奇妙
那景况堪比虫蛹化作翩翩彩蝶

不要为自己的调门儿害臊　麦兜
想叫就叫想歌就歌想咆哮就咆哮
受苦本不是羞耻　化解苦难更不是

## 事情弄糟了

事情弄糟了
日子难过得很

那支悲歌是怎么唱的
它的余韵恰似你律动的长尾
你描绘出的所有曲线都被我忽略
真是惭愧啊
还说默契
你表达过的我其实都没有领会
更遑论将它传达出来

傻傻地看着无可理喻的到来
我转了一个圈又一个圈
那舞蹈慢而又慢
我的脚尖承受得住重
却承受不住晕

在那些料峭严寒的日子
我学会了祈祷
细语间的小小跌宕
像行进的绣花针
神的绣像
清新俊逸宛若黎明

## 望地书

望天书读得太多了　麦兜
把目光收回到大地上来

你鼻下那株植物叫鼠尾草
草尖乍着翅的叫蜻蜓
因为翅膀太薄太透　羞赧的它
替鼠尾草、细叶芒和百子莲飞
替蜗牛和小蚂蚁飞
被飞过的草挂上了更多露水
被飞过的蜗牛和蚂蚁
写出了更黑更亮的甲骨文

蜻蜓飞过山巅
它替草儿问候枝头的雏鸟
深谷的小溪
亲爱的鱼离得太远了
浅浅的表情如粼光一闪

亲爱的麦兜　翅膀上下有乾坤
身体内外皆学问
当你凝望一只蚂蚁
其实是在凝望生命的广大
当你谛听一只蜗牛
也就是在谛听自然的回声

噢麦兜　再瞅一瞅
你爪边和身后那些狗尾草
那是千万只狗狗亮出的旗帜
上面写的全都是——
亲爱的……谢谢你

## 自由落体

夜来我久久站在阳台上
假若我突然着陆某个花圃
并不是走了极端
而是被某个灵魂吸引
美的灵魂喜欢放松的身体
就像禅修喜欢禅修者

闪电喜欢落英
星辰也喜欢泉水
自由落体多么美妙
噢　落英的光　泉水的光
都是哑光
它们甩动水珠的模样
多像你刚刚出浴

自由的人都落落大方地
放下了身体
那般地从容无碍
仿佛实证者证得了实相
苦行者放下了苦行

# 孟凡果

# 从茵莱湖乘车到仰光·7首

## 指纹先生

如果此刻
上帝勾动发令枪
你是否会疾驰在白色的跑道上
或者用铁锨
翻开词语的病句
真相确实藏在犬牙交错的灌木丛中
我们并不会因为野猪的骄矜和愚蠢，而
挥舞博尔赫斯的拐杖
在多少年之后
有十箱残破的纸袋
如簇新的金币。闪着光
在拂晓被重新赞美之后……

## 风景画

当夜晚的舌头在墙上喘息
阴影在月光之上
落叶的咳嗽声
一位洁癖者失眠的句子
蓝色。蓝色

## 曼德勒

马哈根达杨僧院的钟声朴实地响起，
我喜欢紫柚树的弯曲胜过僧徒的袈裟。

一位大英帝国的皇家警察，
曾经在被佛陀开光的菩萨前双手合十。
动物农场的高脚杯可否佛光普照？

在曼德勒鸽子的咕咕声中，
一种无限的厌恶。来自我的母语。

## 十二月的淫雨

十二月的淫雨
比冗长的悼词具体

我们被困在汽车的外套中
手里拎着闪烁其词的政府大厦

一些人被公式成无辜的幸存者
鲤鱼吆喝着在陆地寻找呼吸的权利

疲惫的教堂尖顶
有光芒鲜花一样涌入

## 阴雨天

把这个阴雨天装进兜里
不安和恐惧的蜻蜓
我承认它们无可奈何

林子的尽头
被刈割过的野草
灰鹊的聒噪比雷声紧迫

在燕子翻过的枝形吊灯之上
爱情被裹进玫瑰的花束
那失去的手套的尖叫

## 从茵莱湖乘车到仰光

长途汽车像一只花蝴蝶
载着闷热在山中穿行
巨大的三角梅和哭泣的棕榈树
像银幕上的长镜头
我对缅语的无知，和
女性脸上涂抹的特纳卡一样无奈
如果佛是后天的
有谁还在意鸟的足迹、乌鸦的足迹
还有漫山遍野的小叶龙船花的足迹……

## 伊洛瓦底江

伊洛瓦底江的轮渡在秋天的中央大街行驶
词语拥挤着涌进廉价的超市，在清晨
一队僧徒披着袈裟欢快地穿过小径

伊洛瓦底的岸边如童年的窗户
温情，充实，放松束缚
一位画家正把勇气留在画布上

在鹞鹰渴望的回旋中
我看见牢狱之门像破碎的纸片
世界美如斯

# 朵渔

## 有一种沉默的语言·8首

### 垂　顾

想必是那小教堂的钟声感染了她
当她欢快地走在飘满落叶的小路上
如此欣悦，像跳跃在一排黑白琴键上
刚下过一阵小雨，柏油路面被雨水
洗过，像黑人湿漉漉的闪光的皮肤
在这样的舞台上，在这样的季节里
什么都不能打消一个姑娘内心的喜悦
我们自身只会产生罪，我们被罪
所制造，又被恶剥夺，当一阵秋风
吹过，正是这来自外部的风带来了
喜悦——这是上帝垂顾的一瞬
必是圣灵充满了她的心间。

### 无用的思想

是什么让她们如此快乐，笑声不断
这笑声在寂静的山间飘荡，仿佛春雷滚动
而你只看到接骨木的红色果子
在无限葳蕤的荒草中油光闪亮
一只蜂鸟的巢，悬垂在肥大的枝叶间
啊思想者你那虚无的思想又有何用
你混乱的心灵结构尚需向这些精致的巢学习
当夜晚来临，大地静息为夜雨中一盏昏暗的灯

一个美丽的少女起身，将它熄灭
大地上的芳香气息逐渐消失，飘散
一篇被全人类忘却的祈祷词
被众天使唱响在微茫的夜空
此时，你才算把捉住了自己的心灵
却依然无法形成一个清晰的思想。

## 有一种沉默的语言

像每天那样，坐下来，面对一张
白纸的心情，有如面对一座沉默的教堂
他的几本诗集，放在书架上，仿佛
一堆雪中最不起眼的部分，并将在
今后的岁月里不断融化，以至于无形
也许会有一两首留下来，但那又如何？
写作无非是保留自身的脆弱性，并邀请
无限的少数人来庆祝人性的失败。
人只需欣悦地哭泣着，将自己交付出去
让生命涌现，而诗也并非无可替代
有一种沉默的语言，更胜于言说
他知道，一群挑剔的读者在等着他
写出点什么，他却把笔合上
什么也没写，只把心中的话
向上帝默默地祷告了几句
就像他每日清晨所做的那样。

## 因离开而获知更多的真相

整个冬季，我在这四季如春的小城
读经，写作，学习当地的语言
心静得像天上的云，仿佛另一个世界
已被我忘记，这里的枯草、山谷、荒芜的
坡地，经过几场小雨后，重新焕发生机
红房子，白房子，蓝天下的好孩子
使一切洁净、整饬，大地平静地躺着

太平洋轻抚着海岸，只是风中不时传来的
哭声，那么压抑、隐秘，遥远又
清晰，仿佛是我自己在哭泣……
我以为我早已抽离了人群，习惯了
孤独，但当我真正走出之后才发现
新的空气，新的邻居，新的语言和人群
一切都是新的，只有我还浑身携带着
旧知识、旧习惯，像个未开化的野蛮人
闯进一个新世界——而我离文明的距离
不多不少，也正是一个神性的距离。

## 距　离

该如何向母亲解释这种距离？我告诉她
我在地球的另一面，她依然无法理解
为什么她的世界是白天，我的世界却是
黑夜。她仿佛生活在古代，有她自己的
历史和众神，相信地是平的，天是圆的
相信今天的这轮太阳，明天会在院子里
照常升起。想当年，我距离她有一千里
见一次面，开车也要一整天，她充分信任
这一千里，内心能将这一千里丈量清晰
而如今，虽然通过视频随时可以见面
她却再也无法理解，我到底去了哪里
我看着手机屏幕上的母亲，像一个
词语在和我讲话，只要我按下保存键
她老人家就可以不朽，就可以永存
像一场童年的暴风雨，穿越时空和生命
落在一首零度情感的诗里。

## 束　缚

从最后的诅咒中抽身出来，坐在
昏暗的灯光下，想象着世界的善意
并没有消失，它只是短暂地隐身了

在一种狂欢般的践踏中，体会自身的
罪，并从内心获得一种轻松和欣快
这罪并非人为你定的，乃是出于神
如果你内心仍有一丝不平和委屈
就还没有真正认领自身的罪

河水轻拍堤岸，是一种对束缚的感恩
你定我的罪，也如同那堤岸般威严
当水流干了，在人间留下两道堤坝
而我们的人生在何种情形下
才能变得整全、圆润、充满欢欣
和喜乐？只有在恩典中，在罪里
这些诗，也如同留在人间的遗迹
你在其中做的功，历历可见。

## 现实的生活

每天生活在琐碎的事务中
见不同的人，处理各种突如其来的
小事情，生活仿佛被充塞的下水道
心灵荒芜，如同一座感官图书馆
想起几年前，在这个国家，没有工作
不取俸禄，亦不受管束，也算公平
一种真实的喜悦，来自有罪的生活
仿佛从人类的语言中撤出来
在孤独的钟声中祈祷和哭泣
如果没有心灵的参与，就不可能成为
一无所是者，就不会有真实的生活
而所谓现实的生活，又是什么？
那时候，我以为已经脱离了正常的
人间生活，而如今，当我跃入火热的
现实，才发现，不正常的正是这种壅塞
在我们想要的生活和可能的生活
之间，横亘着这样一种现实的生活
正是这个现实，逼迫我纵身跳下

## 是该目送自己进入旷野了

目前来看，你狂热的进取心
该停一停了，现在每走一步
都在离真理更远一些
是该目送自己进入旷野了
大地上已没有纯洁的宴席
你还没有回到一个人的孤寂
你在众人中依然如鱼得水
你还生活在现实的逻辑世界里
这个世界里只有原因和结果
你所依凭的依然是魔鬼的语言
你以为大地上还有完美的居所
这是天大的误会——完美的居所
只存在于乌有之地，大地上的教堂
也不过是它并不完美的倒影
你要摘取的并非尘世的果实，你是
你自己的献祭，你要讨好的影子在天上
不要再贪恋大雪中的房舍
如同贪恋夏季的绿荫
去亲近旷野中的荒芜吧
在那里，在那荒芜中，有最终的善。

# 胡亮

# 片羽·10首

## 顾不得

蝉子倾泻下粗麻布也似的叫声，俄顷，又倾泻下
细麻布也似的叫声。两种麻布又突变
或渐变出无数种叫声。任何叫声
都顾不得醉醺醺的卡车碾碎了玉石，任何玉石
都顾不得麻布上的线头或小疙瘩，任何卡车
都顾不得叫声里的退堂鼓……

## 低　估

我低估了一丛蒹葭；过了几分钟，
又低估了一块黑黢黢的鹅卵石。
我目送一线流水，旖旎，收笔于有和无之间。
流水，鹅卵石，蒹葭——
我趺坐于一只瓢虫的甲壳上，低估了万物相忘。

## 没开窍

布谷鸟会停上我的左肩，
翠鸟会停上我的右肩。
——如果我仍是一个没开窍的少年郎。

## 坦　然

致阿野

我要绕道造访明月村，那里也许住着
一位故人。他有时候割韭菜，
有时候挖竹笋，写出佳句，交付流水。
天气越来越冷，他带我结识了
三棵幸存的马尾松。
——这已经足够！
我留下饮酒，或继续赶路，都是一份坦然。

## 群　贤

我再次步行上山。逐字逐句读到了结满果子
的银杏树，多刺的槐树，
绿得发黑的松柏，像是落满了枯叶蝶
的青冈树。还有渊博的斑鸠
和白鹳。从较高的虬枝，
到较低的虬枝，松鼠滑翔，抱着松果，
——这是多么英俊的惊叹号！
就这样，当我登上了不算
太陡峭的虚静，
已经拜谒了所有大师。

## 龙　吟

老住持召开僧团会议，若干清净比丘
列席。要传衣钵，须选高僧。
室内顿时纷然。当其时，
在青菜地里，那个挑粪的哑巴和尚
忽然发出了
几乎无人得听的龙吟。

## 水　仙

致吴常青

每到冬天最冷的时候，你就会快递来若干个
水仙球。只需要几个小道具，
比如说一点脏水，它就会从虚空摄来
茎叶。这茎叶由谁设计？嫩得让人
害怕，又绿得让人吃惊，
——仿佛只是为了折断，不，只是为了
把全部力量推向玛瑙的极地：
水仙开花了！
它不是我的倒影，也不是我的对象，
甚至还来不及生一场
冠心病，就遣散了最后一克拉异香。
我渴欲与它交尾。这是个坏主意，
也是个好兆头——唯有水仙花，
还能够让我技痒，唯有水仙花，
还能够让我用孤掌抚摸这个娑婆世界。

## 寄　北

总有一样绝不会服软：要么是红叶小蘖，
要么是积雪。当两者同时出现在北方，
似乎造就了小寒
与小暑的短兵相接。红叶小蘖的椭圆形
浆果如同绛色繁星指点了积雪——
素颜的诗人啊，
让我们精通平静而不是哀愁。

## 万神殿

铁角蕨又多又密，好像是湿地的汗毛。
八角金盘略高于铁角蕨，风车草
略高于八角金盘。锈毛苏铁，
海桐，龙爪柳，芭蕉，槐树，还有

金叶水杉，搭建着青黄相接的天梯。
我的惊愕步步高，
翻越金叶水杉，仍未企及那最高的真实。

## 凭　窗

我的近视眼再次受教于落日。一列火车逆行，
驶离了暮年，停靠在中年。
这是中年新家：所有窗户都朝西。
这是中年涪江：在铝合金的方格里豁然开朗。

# 曾蒙

## 残缺·5首

### 清　晨

聆听不了的，不应该是树荫。
陡峭的石梯
完全笼罩在清晨里。
而树杈与枝叶是这里唯一的客人。
我知道你来过，
知道你爬坡的样子，
慢慢被浓密的树荫所掩盖。
清晨的空气无疑聚集了更多的水汽
和雾气，
仿佛过去的岁月
破碎了无法再次合拢成一面圆镜，
无法再次呈现完整的时光。
我们的房子在大海中摇晃，
而支撑它的石头
也漂移出自己的位置。
我能看见的眼睛
无疑会聚了能量更大的台风
灌满了寒冷与冷漠。
这是清晨一样的青春和中年
这是我们被打断的回忆，
再诚实的远方也承担不了被迫中止的
围巾。我慰藉不了的
必定会被某种伤感所缠绕。

## 成　就

你同时拥有两个冬天，
两种冰与火焰，两种漫天飞雪。
胜过那林荫道，
固执地通向病房，任由芒果树
贴近地面，贴近枯枝，贴近落地窗。
你将两种思念与痛
通知了远方，将起伏的群山
复制成另外的战壕：
那里延伸的睡眠，
半天滴落不下的水珠
混合了植物与人类的成分。
当清晨成就了寒风，
当摇晃成就了碎梦，
你每一次迁徙，都是草原、花朵、绵羊
的故乡。
你成就了黄金、舞蹈和火塘，
也一同展现出
最后一抹垂危的夕照。
天地之间、冥冥之中，
最右边一间房屋熠熠生辉。
你拥有了非凡的意义，
将冬天的传统、河流、骨头
写成恨，写成
沉默与尊严。

## 通　道

你走过的通道如此长，
背景复杂。
堆积了那么多的日子，
手一伸，就能拿下。
拿下希望，也拿下失落。
其实你没有如此多的理想，
对面的群山无语，

而风声往往纠缠住了报复。
我知道你理解的死亡不是过道里
冰冷的脆响，
那是脚步踩出来的水花，
在向病区致敬。
老实说，我怀疑过人生、友谊
甚至金钱。
但不怀疑冷和通往冬天的桥梁，
有火车的颤抖，
它的高处，
显然能指认出悬崖、乌云
以及闪电的凄厉。
你走过的通道
发出颤颤巍巍的震动，
在空中回响，
然后会合在某种声音里，
悄然如树叶尽落。

## 糊　涂

清晨，笼罩住黑暗，
傍晚，也是。
湿润的空气中忽然飘来人情味，
似乎还有一些冷漠。
你听闻到的热闹
如同肉香，短暂、脆弱。
那些奔跑的少年
总有奔跑的理由。
那些行动迟缓的老人，
总有慢下来的道理。
而清晨也将是恍惚的黄昏，
邻近的楼房
被周末所遮蔽。
你所说的乡村，
也将献出乡愁。
你所有的梦境，

都将会被玻璃击碎。
我将遵循你的梦，
慢慢深入到人群密集的小区。
偶像的黄昏，
驱赶走了书本、纸笔和书桌。
安静得一塌糊涂。

## 残　缺

每天都有一种残缺
献上百货大楼和街道，
那不多的祝福和虔诚
一一献上。
公交车让城市有了清晨
月亮与背影，
同时拥有了熄灭的灯盏
无尽的时间流。
那个喂养江水的人，
拾级而上，将同时隐藏于
树林中秘密的风。

# 楼河

# 时光花展·2首

## 时光花展

“留住时光”，
白色房间里进行的花展有这样的按语。
这个花展展览的其实是画，而画框里
画着不同的花。

每幅画都平常得像张特写照片。
“科学画。”他说。这个解释
差强人意，尽管他第一次听说这个名词，
尽管他听出了他语气中的奇异。

他脑子里的反应是个显微镜，
观看着花粉和细菌，分辨着花瓣的性别。

但这些不是要点，重要的也许是
白色房间创造的对比，它的空虚
反衬出过于饱和的内容，枯萎的树枝和花瓣
摆满了室内的不同位置，
集合成特殊的季节和空间。

有的形成一条路，有的形成坟堆，
让参观者观看萧瑟，
遗忘科学画在白色墙面上荡漾的浮力。

他们被挤到里面，

见到了路边墓地中的一株石榴。风干的枝条上
石榴像铃铛，永恒地等待着声音。

它在培养寂静，死亡的细菌。但这里
实际上是个喧嚣的地方，
游客结伴而来，用手机镜头“留住时光”。

没人想到自己身处一个枯萎的世界，
人们的衣服上已经沾染了石榴褪色的汁液，
而“留住时光”其实是种死亡恐惧。

他们也是如此，游走在房间的迷宫中，
以为枯萎只是科学画艳丽的对照：
一种强调，突出“科学”概念对生命的控制；

或者一种连接，与死亡
组成普遍化的规律。他们还没意识到
时间在这里是台榨汁机，
也把他们丢了进去。

一个漏斗在科学画里转动，
如果谁拿起显微镜细看
就会发现，花蕊的中心是个漩涡，
旋转的银河正吞食着看不见的灰尘。

生殖的象征首先是吸纳，这是必然，而
流溢的却是非必然。

他们显得很有知识的样子，
观摩着平淡无奇的彩色素描，手指
贴近墙面相互辩驳。

一个人否定，另一个人
便用肯定反对他。看起来就像一对
坚持己见的情侣，谁也不愿

放弃自己的知识，但吃饭的时候

还是会坐到一起，
努力用各自的文明寻找共识。

在他们身边，玫瑰插在竹条上
收拢了颜色。松枝弯曲，涂了层石灰，
被螺丝固定在角落，
仿佛白色墙壁上四散的血管。奔流的生命之液

凝固成暗绿色，脆弱而坚硬，拂动了
其中一位的丝质长衣，让他们后退了几步，
转进了另一个空间。

三联画组成的进化论
是一颗松果的大小差异。他们停在那里，
像在回忆自己的起源，但最后
似乎回到了他们的关系，并可能想到一个事实：

这关系里所有熟稔的事情
都有一个陌生，使得他们的相互陪伴
降落为一种目的论的解释，并因此
让科学和死亡获得了联系。

他们于是沉默了，但几秒钟后
他们相视一笑，仿佛原谅了之前的争执，
也仿佛为刚才的短暂沉默打开了
重新交谈的入口。

但接下来的事情却是，
他们既没有交谈也没有沉默，而是
安定在一种特殊的表情中，

在一个人和两个人之间，找到了
恰如其分的适应地带，继续倾听着
展示厅里散发的神话。

## 背课文的女生

“能较大地利用空间……能较大地……”
她在一棵小树下背诵课文，
上午的阳光照在她的粉色羽绒服
的后背上。空气透彻，
她的声音在微风里飘，她的脸
躲进阴影中。
光线反射又反射，使这片阴影
也像蝶翅一样变得不可靠，仿佛随着
她的声音在震颤。
天很蓝，那棵小树的树冠垂向路边，
叶子十分斑斓，
并被阳光照得闪耀。
有一种倾听在我和她之间，而有一种观看
在她和树之间。
但在书本和她之间，
可能是种味道，像落叶等待焚烧的冲动。
不过，所有的这些，
都不及她和这座校园的关系，
是一种引力，规定了她的斥力。
如果没有天晴，今天会很冷；
如果很冷，她可能待在宿舍，在瞌睡中准备考试。
那会是个梦中的考试——
她考试，而我在梦中，或者，
她在考试的时候梦见了今天的背诵。

# 东君

## 尺蠖集·4首

### 风

叶动，我不动
选择一扇面南的窗户，跟风交谈
我看见了南山，无人悠然

鸣条，风吹过
然后是大鸟划过天空
吱嘎作响

风吹过，树摇
风吹走了小鸟的童声合唱

坠叶
影子落地上
一棵孤单的树对一片树林说它永不悲伤

风吹过来，折小枝
一个人从死亡中站立起来
有如一把竖琴

风吹过来，折大枝
一个驾驶员突然变成了梦游症患者

折木，飞沙石
风吼着，旦暮无休

风吼着，老虎吐出一块石头

风吹过，拔大树
被风吹过的人，突然消失
但是风，风仍将吹下去

## 孤　山

系船缆的石柱曾经用于系马
柳荫外的湖面跳闪着金币
面露朝气的老人站在暮色里
细数落日下的游鸿与栖鸦

南山路。一些数字在车流里滚动
我把一块方糖扔进杯子
直至变成浓缩的
无可挽留的虚无

重临孤山的吹拂
悲风束之高阁
湖水从餐桌退去
裸露着一条鱼的孤独

两头雄狮在虚无中
玩弄着同一颗星球
一只鸟，站在树枝上，一动不动
另一个人的右脚慢慢地收缩起来

## 在布里格小镇

布里格必须有雪
有雪花里飘散的钟声
有教堂、诊所和墓地
布里格必须有雪后的泥泞

冬日清晨的阳光照着
菲薄、通红的耳朵
仿佛快要烧着了
最后一片树叶挂在枝头
等待着一条冰河的解放运动
早报和刀叉放在餐桌上
没有一块面包需要拿自由交换
他们的喉管没有堵塞
但他们喜欢低声说话
布里格必须有一条玫瑰色的老街
必须有一个女郎把金发
交给街角的艳遇
而老房子的阴影里必须
有一个圣诞老人的背影
布里格必须有一把吉他
让路过的旅人弹唱
布里格必须
有一杯咖啡
外加一枚方糖
和一首抒情诗
和几个
因为不在
所以无所不在的
故人的灵魂
布里格必须有流亡者
必须有一把属于他们的椅子
让他们久坐，直至阳光凝固
椅子的木纹
在一杯咖啡表面显现
布里格的老唱片里必须有
一场落在十九世纪末的雪
瘦马在西风中独立
布里格的小站必须有
几只渡鸦
朝西飞

## 科　恩

听老科恩，一个人
苦恼于流水落花的交错
一天的烟灰足够手指轻弹
一个人，开始在黑暗中走动
走到一颗行星的反面
走到月亮的反面
秋天的忧郁
贴在春宫画的反面
一个人在真理的唇间
读取一句谎言

黑暗中传来的那首老歌
是孤星，是泪，是秋风
是秋风抿着反讽的嘴唇
吹起的口哨
是硬汉尊奉的血与刀
是那个老男人眼中一粒
苦涩的微光
是午夜沸腾的灯火
是一个无需乘车、坐船
就可以抵达的王国

从一片树叶飘出无边落木
的老科恩
从十七世纪初抽出一根雨丝
穿插在二十世纪末一场雨中
的老科恩
那个经过街角把自由夹在
面包里递给你的声音低沉
的老科恩

听老科恩，一个人
用握笔的那只手
跟随另一只手
在键盘上跳踢踏舞

碰到分行的文字
一只手将慢下来
变成握刻刀的手
一个字一个字地
在空气中刻画着

# 伤水
# 静昼诗·6首

## 劫　数

我想杀死时间。
在一种醉里，慢慢打开自己。
我爬到烟丝上面。写下这些。烟消后。我就下来。

你可看见一种不在现场的狂欢？

## 让我在它们中间

贫穷而听着风声也是好的，勃莱如是写。
而我在未赶到的风中间。
那听不到的风。
那看不到的蹄迹。
特朗斯特罗姆说，他碰到雪地里麋鹿蹄迹
是语言不是词。我没碰到词，更没碰到语言。
我混杂在那些写不出的字中间。
我不知道什么时候成型。炉火很旺，铁软了。

## 静昼思

阳光加深了绿。
枝杈的涂鸦加深了鸟鸣。
而鸟鸣山更幽，古人早有体验。

我很想在诗里抒写鸟声。
一读到，即能听见。
我没有这种能力。只录下鸟鸣
作为手机提示音。
我想起无数好诗，世事沧桑话鸣鸟。
或在花园干活，挺身看见大海白帆。
体验竟是如此不同——
宁静中我总泛起纠结和过失，
一生中激烈的漩涡，
那无法探明却不时萦绕的深渊。
为什么我不怀念鸟鸣时的宁静，
不忘却身受的种种不幸？
我不认为我境界不够，
我归结于我遭遇的无端和叵测，
属于我的和不属于我的，
我都一一加深。
白昼卸下了我全身零件。
我万亩肥沃的黑暗，却只长一棵稗草。

## 红在春天的枫叶

办好汇款出来，绿草坪上
数棵枫树竟长着
涨红的叶片。枫树真发疯了
今天是3月29日
清明未至，明前茶刚上市
秩序使存在得以存在，岂能乱来
可枫树模样不失常态，依旧静默低调
那就是它内心憋不住了
有忍不住的春天，现在竟有崩溃的枫树
壮烈提前到来
率先牺牲自己，第一个跳下地狱
这想法吓了自己一跳——
我行为历来不假思索
总无意地把自己逼到时间的峭壁
仿佛考验悬崖的承受能力

道理我懂，任何抵达都要有耐力
以鞋不合脚之类的借口
对道路无益
那么，规矩在愚民。急躁加速生命。
这几株未婚先孕
仿佛绿草的衬托是种机遇
发现问题，提出问题，而从不解决
——秋风如是，春风也如是

## 掌灯时分

天色开始过渡，掌灯时分
街上拥堵起来
人群像归林的倦鸟
相对的运动成为可以抵消的正负
掌灯时分是零，是地平线
另一种人生即将开始
在大革命之后
无论胜败
我穿过车流，踅进一家温州面馆
看落地玻璃橱窗外这些匆忙
仿佛翻阅一本
日常史诗
晃过的面孔就像模糊的历史人物
无数往事发生在他们身上而
无法钩沉
职业、婚姻、收入和烦恼
一片天光丧尽，无数烽火爆发
灯盏缤纷地亮起，像众声止不住喧哗
这些替代物
总有她们的妖娆之处
而我内心总记挂着相反事物
比如那些将整个城市纵横切开的
水的集合
在无灯可掌、无光关照之下
大河，仍旧坚持着一个方向

## 隐身术

我目睹隐身术
一个面对飞驰的人有急刹的车灯
然后留下惊恐的衣服
迎风飘走而留下风
影子没入黑暗是经常性的黑吃黑
你在光中隐身留下光
花隐入果子，果子隐入口齿
都是咬嚼性的破坏
而隐身，似乎附身的爱情把你剥离
留下爱意而没有爱人
留下手段而没有手
你闭嘴，是舌头的隐藏而不是溺没
你和我一样，总有太多没有说出
真相隐身为假象
隐瞒而不欺骗——貌似策略
实则是精致的狡猾
白狐狸跑向雪地，空白相隐于空白
需要孤独而又害怕孤独
让你停下来的东西肯定没有
让你隐身的法术无人能传授

# 亚楠

# 爱伦·坡的乌鸦·4首

## 爱伦·坡的乌鸦

一只鸟“永不复焉”。但十二月
寒夜神秘，阴森，
似乎有什么事将要发生。
先知在黑暗里，冷风瑟瑟，
此刻，“每一团奄奄一息的余烬都形成阴影”。
丽诺儿，丽诺儿——
他心底的痛。他陷入了沉思。

死亡不过如此。他说，
经受失亲之痛的男子心灰意冷，
唯上升的灵魂能够
点燃他。而天使的命名，丽诺儿
已经在黑夜中安息。
但他还是说死亡不过如此，不过如此——
“栖息在那儿，仅如此这般。”

就让它栖息吧。“那不过是风，
别无他般！”
所以我记住了一只古鸟，
百叶窗，女神雅典娜的深呼吸
都被忧伤填满。
它来自苦思冥想，来自夜的彼岸，
就像预言家在梦中说话。

远古精灵啊，“永不复焉”。
谁将穿过地狱，孤苦伶仃地
等待。而那时草木都已进入了冬眠，
万物静默，
莫名的惶恐涌起，似乎
深不可测的暗夜就要掀起巨浪。
就静静等待吧——

“它是飞蛾对星星的向往”。
这样就能在爱伦·坡的乌鸦里沉思，
仿佛一个守夜人
从沉沉暗夜中提取温暖。
他被叩门声惊醒，疲倦的眼
浑浊，仿佛人生就是一个巨大的陷阱，
唯有智慧之人才懂得

越过它。但现在一只乌鸦
进入了小屋，进入惶恐与惊悸。而未知
就像地狱之眼——
“我的整个心烧灼般疼痛。”
夜已深，空气仿佛在燃烧……沉寂
的大地啊，丽诺儿
“永不复焉！”“永不复焉！”

## 被阉割的夜

回旋中一只鸟坠落在他的
河床

满目秋色……思绪从
夜幕里升起

而寥廓之上
花楸树
掩映在垂老的夕阳中

夜被阉割了
巨鸟被一场洪水滋润

就像老辕马
那些泪水盈满的往事
和稀有金属

月光啊你的痛就像空谷涌起
的砍斫之声

## 鹿　石

我在三道海子看鹿石
看风吹过远古
的涟漪
此时我想起草原石人在凝视
图腾中有一种冷
锋利若刃
透过表象就能知道风
已把目光移开

只剩下了一片空茫在
山谷里回荡
而太阳
把万物聚集在一起，把亡灵
从黑暗中召回
也即是我看见的石头
耸立着
远远近近，那么多神鹿出现
在水草丰美的梦中

## 天空的倒影

有时，只能看见一匹狼
在我心里狂奔

身后堆满了尘土

有时大水漫灌
来不及长高的庄稼被
夷为平地

有时风来了，一条赤龙
把闪亮的声音放大
就像雷鸣

但有时呀天空是空的
无边无际
我什么都没看见

# 冯娜

# 俄罗斯盐·6首

## 一首诗

在中国，人们向我说起博尔赫斯
一个迷宫中的、我的同行
我从一首诗中拼凑布宜诺斯艾利斯的瞳孔
游历过众多目盲的国度
通天塔不再困扰他的晚年

一遍遍，我在艰深的汉字中试图等待
一座图书馆的影子教会我新的颂歌
在他预感到的消弭和废墟中
铅字越来越重
——我，一个冷僻技艺的研习者
盲读着一首诗的引言：
当我手握谜底，不再寻找对应的谜面
当我在爱中，爱不再困扰我

## 俄罗斯盐

来到我餐桌上的俄罗斯盐——
凛冽的西伯利亚风雪没有使它变得更咸
那位在伏尔加河上买醉的朋友
见过它在漫长冬季缓慢结晶

这一小罐俄罗斯盐，白银时代遗漏的湿碱

捧着它走在中国南方的旱地上
黄色的群鸟①飞向我——
我确信　不是诗人的血泪让它颗粒不均

每一日，人们沉默地摄取盐分
大高加索山的阴影也是碱性的
燃烧过、沉重的大陆和海岸不停析出晶体
后代舔食着那遗传的驯服和习俗：
从勺子上、从极地的气候里
从一句被珍藏了几个世纪的箴言中

是盐，让人保持了清晰的味觉
即使在没有同类的黑暗和光辉之中
粗糙的盐粒，太多风沙让人缄口
——一罐被密封的俄罗斯的冰块和命运
和我一样，一次取出有限的小部分

①《黄色的群鸟》，俄罗斯“白银时代”诗人阿赫玛托娃的诗集名。

## 衡水湖与荷尔德林

贫瘠的土地，托举着河流的交响
山水的内心聚集着远古的风暴

一棵梨树下，想起荷尔德林
——人该怎样诗意地栖居？
衡水湖，早已度过了荷尔德林的年纪
深水中的诗句，还摇荡着怎样的际遇？

庄稼成熟时，马匹卸下秋天的光线
荷尔德林听过的钟声
会与葡萄园中少女们的笑语相似吗？
潮汐，眺望着平原的树影
几个世纪
未曾消失的浓雾，安慰着青春的湖水

一面湖，会拥有什么样的灵魂？
深藏在水底或者岸上的歌吟，
那些素未谋面的心灵交汇
是否能将它的命运完成？

## 航空信

候机大厅播放着一部电影，我记住了那双美丽的手
像我从前钢琴教师的，修长、冷漠、没有性别
依靠记忆和联想我度过了许多等待的时光
在晚点的航班信息不断滚动中
我确信自己获得了一种新的自由
可以再点一杯柠檬低醇酒
一个乘客饶有兴致在教自己的孩子背诵唐诗
喔，我们热爱现代人的生活，也尽量恪守古典的誓约
我住在东方一个雷雨交织的城市
相信离开我们的事物会化成萤火和星辰
却未在任何一次飞行中遇见它们

## 苔　藓

祖母过世时，穿过大雨去取一盆水
和陌生人谋面时，把手从大衣口袋里抽出来
跟一个人作别，关闭了唇上的体温
——我知晓房间里如何长出潮湿的苔藓
我还知道在密林深处如何恢复一具少女的形体

需要依托梦来完成的生活，覆着一层薄冰
人们相互教导噤声的技艺
我，是如此渴望保存湿漉漉的雨期
所有来历不明的苔藓
它们在荒凉的地貌上繁衍，从无止息：
我的喀斯特、我的风蚀冰川
我的滚烫的熔岩峡谷

我的中纬度森林
我伸向你的冰冷的双手

## 驱车过琶洲

早晨认出那些建筑、桥梁、灰色的江流
城市的样貌控制着我的速度

如果有人从车流中率先醒来，他就有一副假寐的嗓子
谁对着生活大声喊叫
后视镜也无法令一个城市的回声折返

琶洲，还有更多的三角洲让地球变得扁平
身上没有一星半点尘埃的人，无法理解自己的车速
坦途有坦途的陡峭
广场中央也有山岭和漩涡

每一秒钟的燃烧和消耗，都让你偏离或靠近
你的身体是一件仪器
它的走神和误差，它的昏聩和精密
被一条限速的大道记录，这琶洲
这城市、这所有红绿灯的交叉路口，都在调校你

你，只能在风雨中握紧了方向盘

# 江汀

# 雷声散落在我的四周·8首

## 我想要一个绝对的黑暗

我想要一个绝对的黑暗，
来存放这些贫乏的时日。
或许那是我故乡的房间，
曾经涌入西风和马匹。

重复着传来相同的信息。
升起的星辰正对着深渊。
然后遗忘关于祖国的知识，
进入沉重、猛烈的睡眠。

痛苦陆续向着中心聚集，
携带古老旧式的放荡，
穿过水渠、公路和草场。

我已经感到锁链的松弛，
告别了，来自幼时的幻象，
你将去抚摸世界上的冰霜。

## 雷声散落在我的四周

雷声散落在我的四周，
仿佛是一些不可触及的珍宝。
我想要起身，注视它们，

确认这是从何处而来的消息。

恍惚间他置身多雾的广场，
伴随一群清晨醒来的乌鸦。
应该看看自己的灵魂，它值得关注，
它对发光的事物念念不忘。

一声绵长的叹息，是正午时分。
我注定在这里经历一场雨，
绿色的梦境，和高耸的竹林。

我会追随你，如一个验证过的奇迹，
凭借耳畔隆隆而过的声音，
而一切在黑暗中重新隐没。

## 交　谈

中午我置身一座旧房子里。
我记得外面的太阳光强烈。
犹豫地，在某个地方坐下，
室内的黑暗有如裁纸刀。

我想房子内部有一道走廊。
人们来去走动，但没有声音。
在餐桌和杯盘间，我偶然想到，
厅堂是一个倏忽的梦境。

被树荫和藤萝环绕，越来越寒冷，
蓝色的窗玻璃变得坚硬。
然后是时候离开了，就从这里。

我走出门，遇见两位可贵的友人，
他们仿佛一直在白昼交谈，
这样的谈话永不结束。

为陈家坪、王东东的《相遇：作为自传材料》而作

2017.6.5

## 想想农业

想想农业，那些头顶飘过的白云。
也许这就是为何我必须回来。
路灯是地区的新生儿，
而它们和我都不会永存。

这座老屋的灵魂也不会；
不会有烦闷，也没有慰藉。
晚霞已经消失一个钟头，
我在室内待得太久。

时日摇晃着它的树枝。
在寒冷的气息中
步行穿过这个村子，

踩着路上的全部泥泞。
我的身后在放烟花，
前面一片漆黑。

## 几十年的寂寞

几十年的寂寞，
仿佛窗边摇晃着的梧桐。
春夜的昏黄路灯，
使你走出自己的房间。

我想起你，犹如想起一位父亲，
他每日经过小城的菜市场。
那儿的每一只流浪猫都熟识你，
甚至熟识你的忧虑。

你的脸像一块表盘，
虽然指针不再移动。
这正是一天结束的时候，
你得到的，是一支燃尽的蜡烛。

你持有那真谛，
并且守口如瓶。
你像一块腐朽的木板，
从黑暗的河面漂浮而来。

我坐在桌前，想起那个人，
他在无法言说的生活中沉浸。
那样的时日足够漫长，
透明的空气始终传来窸窣的声响。

## 重　读

仅仅是重读一遍《石壕吏》，
我就流泪了。
想到自己的下一次早餐，
它被拴上神秘的锁链，
联系着世界上的艰险。
一切都已经过去了，
一切都是如此鲜明。
我曾见识过人们的愤怒，
现在这里只剩下疲惫。
含混不清的关系网在延伸，
它将带回一些遥远的地名，
仿佛对应我们身体的病痛。
这儿又有一些灯光，
它们看起来就像宝石。
承受狭小房间的挤压，
窗口尽头是新闻和漩涡。
在这里，猛烈的风最受欢迎。
在这个时代，
我唯一可做的只是还乡。

## 枝　叶

枝叶确实已经漫过了身体，
再往上，接触着永远柔和的空气。
我梦见了旅途，在这个短暂的、
听任血液静静流动的梦境里。

精力仍然恢复，回到手指边缘，
如果挪动它们，能够拂去灰尘。
一面镜子因此逐渐显露自身，
正是这里，曾有一个完整的家园。

正午时分，我无法始终寻找你，
树影没有移动，旅途也从未存在。
只有某种友谊，越来越苍白，

同时证明簌簌作响的真实。
但古老的镜子如何变得潮湿，
而我又如何能够挽回最初的渴慕。

## 庭　院

我初次来到这座庭院，
十一月的第一天。
下午行将结束，仿佛长途跋涉，
充满雨水和泥泞。

生活寒冷而短暂，
园子里有片刻静默。
我在雾气中稍做停留，
等待一个瞬间。

天很快就黑了。
在那座旧房子前，
人群涌出来，然后又散去，
大自然在晃动。

欲望全然褪去。
墙壁潮湿，上面点着黄灯。
满地都是鸟粪，
漠然领悟树木的干枯。

# 王向威

# 岁末途中·4首

## 岁末途中

看到的，都匆匆往后退，
相似的表情，一时难以分辨，
下一个出现的像是
对上一个的补充和温习。
地名一闪而过，标识出此刻的位置，
连缀又绵延起这冬天
和北方，急速穿过我。
高速路两边高大的杨树，
叶子落尽了，枯瘦的枝杈，
每一根都伸向故乡。
粗壮的枝杈间，坐落着一个鸟窝，
垒砌的枝条，细密，颜色深且暗，
是稀疏的树梢间最抓人眼球的部分。
它们的突然出现，像行驶了很久，
麦田里终于出现了一座村庄，
带给松弛的空间和遥远的距离，
一个略感充实的存在或中转。
车子惊飞一群公路上停歇的喜鹊，
身影弯曲着掠过左边车窗，
一阵风刮起，麦苗伏地，
一致点头同意它们有力地扑过来。
瞬间，我感到了晕眩。
回家路上，我心绪难平，
困难的是如何为它们
在内心重建新的秩序。

## 她

再给它们两天秋风，林中落叶会再厚些。
腿疼病让她从没像现在这样讨厌坐着。
她枯坐门口，和她的年迈说着话。
像曾翻《圣经》一样，她右手摸着左手，
祷告着再给她些力气。
望向树林，她记得前两年这时还去林中扫叶，
再用旧袋子背到家中灶前，备下一冬柴火。

## 他看到扔出去的双脚在路上依然走着

第三天，他离开了家。
他从故乡来，那儿的风雪正紧。
他带来了伤害和一身的风雪在不停更换的汽车上。
他遇到的人都和他保持沉默。
他看到的麦田一直在默默生长。
他看到自己的一半像途中身上被吹散的雪片一样
吹到了故乡的村子里。
他走啊走，带着半个自己，坐坏了的汽车扔掉他。
他后来磨破了鞋子，他扔了它赤脚走着路。
他路上翻破了的书、空了的包、用旧了的心
和只能往后看的眼珠，一一扔了。
他一直走，不能停下来。
他最后只好扔掉他的双脚，他剩下的身体
还在期待着走，
他空了的双眼看到扔出去的双脚在路上依然走着。

## 过年回家

在院外，等着开门，
我踩着路边的土，脚拨开表面一层，
松软、颗粒均匀而细密的碎土，
如滚落一地的黑芝麻。
临路那家，老人搬出凳子
来到太阳照到的地方，

正是午后，她懒懒坐下。
天不亮起床此刻才到家，
我忍住哈欠，若有所失。
门打开了，过道里，
靠墙斜停着旧摩托车，
钥匙还在车锁插着。
有一只手伸去扭动它，
就可以启动时间之门，
我刚推开的铁门就能反过来推开我，
摩托车稍加马力，就能驶进我身体，
所到之处，记忆一路后退。
屋顶粉刷的一块白石灰，
剥落在摩托车前水泥地上，
裂成大小不一的块状。
越过这些颓丧的沾粘的依附之物，
像我此时越过了层叠的记忆
终于回到我的身体。
片刻停顿，我快速来到院子，
空荡荡的，记忆和身体互相催动。

# 许梦熊

## 阴郁的男人·4首

### 寒云外

冬日的天空愈加高远，
鸟雀在枯叶之间飞得迅疾；
阴沉的花园，来往的人群，
阳光没有回到彼此的身上。

我们靠沉默取暖，像栗子
在成熟的火中独自泛黄；
安静的街道，稀疏的梦境，
高音喇叭意图任何人都能高尚。

偶尔一个不能忍受的丈夫
在和他的妻子争吵，跟两只麻雀
没有分别，吵得羽毛炸起，
一头撞向玻璃窗般，谁都想死。

无辜的孩子可以哭很久
为他不能理解的世界束手无策；
他知道糖果和蛋糕没有了，
很长一段时间他再也不能讨要。

这一切又像波浪平息了，
我们仍在自己的海面继续游荡；
寒云外，飘着万国的旗帜，
但愿你能够从中找回昔日的光芒。

## 阴郁的男人

他哪里也不能去，每天趴在
落满尘埃的窗台看着上下楼梯的人们，
读小学时你害怕他，当母亲以后
你会怜悯他，这不是他的错。

时代造成了这些损毁的头脑
却没有人真正记住，他的青春已逝，
谁要是仍然相信保尔·柯察金
是否就能够铁骨铮铮，免于恐惧？

在这座苏式建筑的内部生活
你学会谨慎，像一棵忠贞的水杉；
把自己的叶子落在脚边，
按时伸展枝条，于是郁郁葱葱。

他的眼睛仿佛镶嵌在一个面具上
偶尔骨碌地转一下，你以为
这是猫头鹰，是的，这是猫头鹰——
它把灵魂当作田鼠一样吃掉。

他的胃口不差，你见过他狼吞虎咽
饥饿始终让他长得更加粗壮；
阴郁随之扩大，他哪里也不能去，
每天他都擦拭着自己的墓碑。

## 在弥留之际

在一九九一年的夏天，他写过
刚刚出浴的女人就像一根根白蜡烛，
此后有过怎样的经历没人知道
我在酒吧听到某个版本，他已经老去。

那是烫金的爱情故事，她们
都迷恋过他，风度翩翩无人能及；

乐天派的好手，永远抱着希望，
在每个人堕入谷底时他总能拉上一把。

即使他已经老去，满头白发，
精神矍铄胜过比他小四十岁的我；
他热衷于发现外星人，因为
我们的宇宙太小，而奇迹必然更大。

从推背图中，从汤溪的石刻中
他为古老的文明雀跃不已；
难道我们不就在延续那次爆炸以来
反复降临的命运，并且顺从它？

直到他死，油未尽而灯熄了，
黑暗在他的耳根上敲了一枚图钉；
该走的路没有尽头，谁不是这样
突然踏进赫拉克利特的河流。

## 一个不祥的梦

我听到低声惊呼，连忙唤醒你
“可怕的东西正在吃掉我们的猫，
我们的藏书被当作柴火烧掉，
非人的，竟然那么真实！”你断续说道。

夜还很长，早上六点钟仍然是
伸手不见五指，我安慰你
我们的猫就在枕头边上轻轻打鼾，
我睡得艰难，已经无所畏惧。

太阳从海上升起，又落向大海
没有人深究这一点，想想看
它意味着光明在那里积聚，
黑暗也是，无声无息地形成地幔。

我们的意识并没有摆脱它，

只要你心烦意乱，可怕的东西
就会来，变出种种模样，
有时候它会变成我，一个反面的我。

可有时候我守护你，驱赶黑暗
它不曾消失，像雾霾一样缓缓下降；
“我逃出来了！”你翻身呢喃，“但你
还在那里，大火正在烧穿楼板！”

# 胡人

# 消失的美学·6首

## 写在中元节

今夜你是否孤独如星象师
今夜，无星也无月
星象师闭门不出
他亮灯到天明
他翻出一本破旧的《金刚经》
当凌晨的钟声响起
你是否久久地看着窗外
在疲惫的眼睛里
在孤独的黎明之前
迷人的妖精正决绝地离去

2020.9.3

## 往　昔

当你还是一个小男孩
一把弹弓可以度过一个暑假
毒辣的太阳阻挡不了
你打鸟的兴致
你在林子里前进、前进
像一个战士
鸟，是伟大的敌人

那年夏天
你抚摸着受伤的膝盖
看着在枝头欢叫的鸟
终于扔掉了弹弓
成为一个哲学家

2020.8.27

## 消失的美学

——读《消失的美学》有感，兼悼故乡的小英姐

从菩萨的毁灭到教堂的坍塌
从5G到性爱机器人
人类在“速度的暴力”中面目全非
只有旧时光依稀可见
只有旧时光中的你——
十八岁的少女
投河前的回眸一笑
永生不灭

2020.8.23

## 最后的荷

最后的荷即将盛开
像一场红色的婚礼
很快成为苦涩的追忆
而内心的暴政从来没有缺席
如同我们期盼着天凉
却又为夏日的离去感到忧伤
唯有远处的青山
在黑夜中不动声色

2020.8.22

## 七夕祭

没有星的陪伴
弯月独自漫游
牛郎织女将再次相会
几千年来，天上人间
只有他们的爱情值得信赖
而正在成长的少女们
依然憧憬着未来
是的，她们终将披上嫁衣
消失于
考古学家的放大镜中
而倔强的你
将回到荒芜的故乡
写下不朽的诗篇

2020.8.25

## 竹林的自白

晚春的竹林茂盛
不仅是孩子们的乐园
也庇护着几只流浪的猫
他们的作息迥然不同
因而未曾发生冲突
我多次夜班归来路过此地
小猫惊恐逃走让我内疚
我也喜欢这小片竹林
风吹动竹叶
在月光下忽明忽暗
仿佛我的前半生

2020.5.20

## 子禾

# 星夜嘶鸣·3首

### 星夜嘶鸣

——韩幹《照夜白图》

火如何变为光明，在暗夜中腾跃？
皮毛与筋骨曾经受千万次烈火的锻炼方能
在秋风中柔美地奔腾，而每一秒
每一寸都有爆破之勇力
松风鸣响万丈山巅的铮铮金石
诗人在星空下奏琴
江河滔滔，我们可知它将向何方？
驯服的野草在它的脖颈上
闪耀——这明与灭的无限较量
它并不期望于美
它期望使我们免于奴役
上帝的意志我们永远
无法揣测，而星星在聚集
一场风暴，照夜白
我们就要炸裂

### 灰　翅

——李成《小寒林图》

历史郁结的旧病已风化成喑哑的粉末
迷浮于我们眼前，像我们窗前那灰暗的大雾
往日与未来的大雾。但这绝不是

你（也不是我们）想要的样子——这一切
恰是我们所寄寓于美的一切的坍塌：
无论清高、枯寂或是恍然，均可归于某种神往和沉溺
美即理想，即对生活和历史的反动，而眼前
正是生活本身——天地混沌一片
山丘残留下了一点坚硬的安慰，有毛驴吗
若有，它们怕也和主人一同尽散于
尚未淹没的画布之阡陌
（历史的阡陌），本也没有晨钟暮鼓
没有迷路白鹤，（这些浮华
强颜欢笑的修辞术），唯有碳化了的
钢簪一般的寒松，还提着它们痉挛的蟹爪
直直地站着，和那些浮游
在空中的黑色山鬼一起看着
看着：你和我

## 秋　水

——范宽《临流独坐图》

1
木叶沙沙，像此前多少次那样
回应着岁月永不停息的沉重的降落
野兔还在荒草中踟蹰，或等待成为饥饿的新猎物
而秋水已经使这个世界飞升起来
轻盈如透明的云霞

正是这飞升，忘我的飞升，而不是
美梦，超越着永不完美的生活，及孤冷寒夜
但其要义并不在于使我们抱憾
而在于令我们知道：这个俗世之外，确实还有一个
新世界，如流云飞泉
涌动着处子般清澈的欣喜。

2
氤氲的秋气浮动着万古黑山
我们坐在溪流边的青石上，为山水带来丰盈的

呼吸，秋水般的玄想，及不真实的死亡

木叶的幻影无数次落下
我们依然无法理解其中的深意
我们以有限之词，如同用孤火，勾勒我们还不能
理解的东西，那围绕着我们的暗夜

——或者该说：我们以此呼唤
某种妙意无穷的灵光？

**3**
多少枯寂的孤夜才可对等如此明净而丰沛的秋日？

永恒在此获得它有限的形式
这正是我们因此尽己之所有燃烧的理由
燃烧我们的昼夜、血与骨、我们灰白的头发
孤独的手，及苦涩的心灵

而这本身就是完美，一种诞于不完美
的完美：如同大地长出麦子，黑暗中溢出光明。
——即便仅此而已，也足以令人难忘
心灵获得慰藉时，那转瞬
即逝的战栗

**4**
在这令人迷醉的沉溺中，或许还应知道：

由于被我们称之为美的东西
自然的杀戮及人世之生死，瞬间被我们遗忘。
这恰可帮我们理解美的深度：这遗忘源于美，也成就美：
强力而专横，攫取我们的道德理性。
作为一种本能，美正如同饥饿，使我们
古老的伦理因荒诞，而时刻
处于废弛的险境。

美亦使遗忘闪耀光芒，使它获得
最卑微的意义：遗忘不完美。

# 飞廉

## 岁晚感怀·9首

### 早秋忆曹丕颍河行军

玄甲闪耀日光，猛将胆气纵横，
旌旗数百里，大军南征。
他坐在船头，肚子隐隐作痛，
酒菜冒着热气，像我小摊买来的一兜烧饼。
牡丹花开，大雪落下，
几个月水上行军，
在《三国志》只留下短短两行文字。
早秋午后，
颍河边，有一种全军覆没的寂静，
蝉惊飞树枝折断的寂静，
小时候天突然黑了我在河边大哭的寂静。
天上晴云杂着雨云，
有一片云，河目海口，忧心忡忡——
曹丕的幻象：
午睡被鹤唳惊醒，
他轻声对王粲说，只有文章是不朽的盛事。

### 在白居易墓前

当衣冠清流，被投进黄河，永为浊流，
山上的石头，就纷纷化作猛虎。
世间过于凶险，
总要有人幸存下来，代我们生活，

代我们写诗。
他的前半生，流离颠簸；
晚年，香山之上，望着龙门的流水，
望着西山落日下的万千石窟，
他感佩那些无名匠人：数百年的艰辛劳作，
猛虎，在他们的凿刀下，一一成佛。

## 夜宿郑州，怀李商隐

旅馆的深夜，我划着火柴。
微笑似的火焰，
在唐代海兽葡萄纹铜镜上黯淡，
萧然而逝
最后一缕叹息的青烟。
我点燃了三门峡上村岭出土的
那盏战国跽坐人铜灯，
我望见你少年时孤愤的脸。
我们都是那卖火柴的小女孩，
一次次击退寒冷和黑暗，
我们指间的残梗，
是雪地里一群冻死的麻雀。
生涯太短暂，
我们的往事装不满这火柴盒。

## 方岩怀陈龙川

淳熙十一年，大难不死，我聚拢
二三十个生徒继续教读生涯。
闲时，重整祖传的小小园圃——
造“抱膝斋”三间，竹松围绕，
杂植梅花；起“临野”“观稼”
几处小亭子，看农人秋收，看夜雪
掩埋了前山……门外蓬蒿三尺，
我决意就这样，在山崖草野之间
打发陆沉残破的余生。

想当年，我走尽崎岖山路，
我渡过大江险恶风涛，
我坐在钱塘百尺楼下，
我写《中兴五论》，我满腔热血
以期为天地日月雪冤。
然而，我的书有太多不平之气，
我的文章只是“秀才醉后妄言”。
独来独往于人世间，
我一生被人谤议，自伤孤零而已。

## 马塍路上的姜夔

在这个盛夏的夜晚，
一阵急雨过后，
我走在姜夔当年走过的马塍路。
八百多年过去了，路旁的小店
依然卖着茶叶和丝绸，银行取代了当铺。
我们快步慢步走着，怀着各自的忧虑。
在黑暗的巷口，我们走到了一起，
灯光下，我们分开，
一阵风过，梧桐枝头蝉的惊鸣
像闪电照亮我的单衫、他的短袍。
他一再提起合肥的那个女孩，
在他看来，国破家亡都抵不上少年情事。
夜深道别的时刻，
他向我祝贺，为我写出的那些出色的诗句。

## 乱　石

这些来自尧山、黄山的石头，
这些小雁荡、小峨眉，
这些在渭水、汉江，在通天河
沉者自沉、浮者自浮的石头，
这些被流水消磨
平凡乡愿的石头。这些梦里

深藏着寒武纪、白垩纪
热烈阳光的石头，就像我狭小的身体
寄住着昏睡的鲁智深，
而你一再用微笑冰封阮籍的哭声。
这些星光熄灭的石头，
这些胡乱堆积的石头，
就像一群哗变被斩首的士卒，
滚落满地的头，瞬间被野草吞没。

## 岁晚感怀

每到腊月，水杉高枝上的鹊巢
就水落石出，像山林之间
寂寞的小庙。这些从不沾染俗尘的
白鹊，在这风雪猛烈的年代，
而今也敛羽散落人间，跟麻雀争食。
午后，我不过多睡了一会，
窗外的这座山，就不再叫作落星山，
山上的石头也不再叫作落星石，
山顶那座七级宝塔再也不能登临
远观海日。那跟我同上葛岭
天天一起醉酒的黄景仁，此刻正在
栖霞岭的青竹上题诗。

## 西湖个人史

一九九七，初到杭州，西泠桥畔，对着残荷
我在苏小小的坟前坐了一夜。
摧花的阵雨，绵绵不绝，
断桥上，我想着那条修炼了千年
因风雨大作，来到西湖安身、春心荡漾的白蛇。
南屏山，捡松果的老妪庄严肃穆的样子，
像女娲在炼石；
万松书院，我披上袍子，迎风，一再化作蝴蝶。
柳浪闻莺，秋夜初寒，

陈端生灯影斜摇，信笔虚构了孟丽君；
马坡巷走到场官弄，
怨去吹箫，狂来说剑的龚自珍，
一低头，就变成了曾因酒醉鞭名马的郁达夫……
宝石山，凝望夕阳下明灭不定的乱流，
我这《警世通言》的小人物，
急于走进西湖，这水的镣铐，这风月宝鉴，寻欢作乐。

## 一块太湖石的往事

我原是太湖深处的一块水石，
无穷的岁月，我出没风涛，被水雕刻，
我目睹了无数大鱼的死，
我看见过范蠡扁舟上的炊烟……

是杭州“造作局”发掘了我，
是押送花石纲的青面兽杨志
把我带往那衣冠万国之城。
宣和五年，那李后主转世、才华绝代的
赵大官人，封我为侯，
把我安置在万岁山的西岭之上。
为了烘托我的悠远，
他修筑了巢云亭、清澌阁，
并在《瑞鹤图》上画出了他梦寐以求
的虚幻。

靖康二年，天翻地覆，风雪不止，
我随同落难的皇帝、
礼器、图籍，被驱掳到了燕京……

1898年，岁在戊戌，
我的头滚落在颐和园的乱草之中，
我听到了那年轻皇帝
绝望的叫喊……

我就是王国维沉湖时抱着的那块石头。

杜小同作品
《天池竹石》之二
123.5cm×247.5cm
水墨宣纸
2017

诗建设

# 发现

Discovery

## 叶飙

叶飙，1994年生于安徽安庆，2018年北京师范大学经济与资源管理学院研究生毕业。现在北京某互联网公司从事数据分析工作。

## 浦项中心

1

它形成一个弧形，
一条路，沿着边缘切过来，
像是弓的弦。人，
会沿着这弦经过，或者
跨过去穿插进它，
去攀登，停驻。

进入弧的空地，
喷泉被建造出。那是弧的
核心，是不断地上升、下降，
阵阵波纹扩散。
张力让水高于池壁，又
不溢出一滴。

黄昏时分，音乐会
响起。从喷泉左侧，绿化夹住的
鹅卵石经过，来到
旋转门的门口。
透过去看，在它灯光永昼的内部
是更为盛大的音乐。

2

……它是一个巨大的
U形：相看两不厌。
而它的外部，
钢化玻璃内罩着高速电梯，
景观与速度兼得。
U形的底座分布着商业：
咖啡馆、食堂、餐厅。

U形本身则
被切分成33层，标准层高2.7米。
8—10元每平方米每天……

**3**

现在，来到它的大厅，
地面被大理石着装，仿佛是
建筑耐心的底座。
沿中轴对称着的，咖啡馆
相互竞争。此处，
会走出获得专注的人，
并步入手扶电梯。

而视线拉回。沿着
通高的灯光“水母”向下观测：
光在铺垫，一层一层
充盈大厅。而前台的旁边，
是通往高处的闸机口，
一卡对应一人，
它们被匀速吞吐。

**4**

U形两侧，
浮空电梯是唯一的交通工具：
开、闭、加速、
匀速、减速、闭。它精妙地
控制自身，把人们
运送到摁下的高度。

……U形的33层，
被租赁给不同的公司。
A公司刚拿到最新融资，

从居民区搬过来；
B公司由于政策因素关停业务
风雨飘摇；
C公司经营贸易，
得益于中国加入世贸组织；
D公司寻找商业化机会，
但一直在失败，估值锐减……

**5**

它是人类尘世的事务。
透明浮空电梯的外部，钢柱
跟着上升。横纵纠结的
力量，达到了平衡。
从外部看，每一根在斗争中
都不显得多余。

与之相对，当走出电梯，来到
公司，部门与部门，
所被赋予的实体空间。
每个工位的标牌在暗示，自身
怎么被战略规划，又
怎么在服从中扩大自身边界。

是否此时，会有某位商业奇才，
当他站在窗旁凝望，
他能看到每阵吹来的风、每
一朵从头顶飘过的云，并且
他正在思考资源，为它们
做一次人力上的组织调整？

2019.2.22

## 一群异乡人来了——

明朝，一群异乡人来了。
空空的山头，白白流淌的河流。
一群异乡人：眼神空洞、恐惧，
饥饿像是本地天空盘旋的老鹰。

皇帝的国家太大，像水中葫芦，
摁下去这头浮起另外一头。
现在异乡人松了绑。路泥泞且危险，
但勉强可以走一走。

走一走，不是徒劳无功的逡巡。
一些路和路的节点，
瓦屋分出去一个瓦屋，稻田
蜿蜒出一片稻田。这些农民会魔术。

而有时候夏夜，井水中泉眼汩汩流淌。
异乡人摇起蒲扇——
多么凉爽——月亮是押送途中的月亮，
也是快已遗忘的故乡的月亮。

后来，旧址上有了新的镇子。
前朝做生意的掮客又逆流而来。
他们一边扶了扶秤砣，一边
掂量着如何对付精明的本地人。

2016.12.29

## 杂　谈

诗人，深夜袭来的孤独
它还没有形成语言的结晶

它甚至不明白现在的自己
和少年的自己具体有何分别

诗人，你应该再次成为
上文那种感觉的钉子户
即使你成功了，写出了伟大
这次，也不要轻易提及——

不要打扰到任何一位同行
（除非你让他的时间
得到某种收获、实现效率
而这很难，几乎不可能）

更不要因此试图去问候
你那些不擅长诗歌的友人
他们在细分领域中自顾不暇
每天试图突破一点边界……

诗人，如果时间允许
你可以去窗台晾几分钟
夜景中的暗绿已有归属权，但它们
还可以暂时释放一点正外部性……

2018.3.31

## 杂谈 2

诗人，愿你变得阳光
愿你抛弃波德莱尔
那些必然发生的黑天鹅
只会在多年以后降临

愿你获得对世界的耐力

这人造的一切，固然
有不可取之处：充满了博弈
看似的均衡转瞬即逝

也因此，不要试图去
抽象出一个完美的模型
且不说理性不够发达
更不必说基础假设的真伪

来，让我再定义一次诗人
配得上这伟大称呼的
要么他是纯真好奇之人
一生未有郁郁寡欢

要么，他平实甚至老实像石头
没有伟大贡献的他
只是普普通通的一员
是另外一些“同行”衬托了他

2019.5.14

## 杂　论

很显然，诗人并不是
时代的中心。诗是诗人，日常的末端
一生中时常“骚扰”
却挥之不去的善良幽灵。

价格决定价值的年代，诗——
不拥有需求市场。
这也就要求，一个好的诗人必须具备
自娱自乐的精神。

TA像是收集贝壳那个人：一、二、三……
为了纯而又纯的数字。这人可以是
海边的科学家；也可以是物物交换之前
不懂穿衣服的山顶洞人。

2018.3.28

## 杂论2

很显然，诗人的肉体
已经不再新鲜，
紧跟着，他不能再用想象力写作。

向满足欲望的工作学习。
诗人，学习它的专注，学习它
重复中获得心流。

但这注定枯燥。
没有了想象力赋予的视觉，
诗，也成为辩论——

为何而写呢？
或许，到底写还是不写，
才是诗的终极问题。

2018.4.17

## 杂论3

有些难，出清诗人
对诗过剩的欲望，尤其是
他有空闲的时间，

或者，无法满意的现状。

哪怕他已经明白——
诗，已经无力，已经不可挽回，
他也要找个死去的人
换算经历成为安慰。

在外人的眼中，他仍旧是
一个拒绝成长的失败者。
固执、可怜，在书籍中变得愚昧。
他会好吗？我也不知道。

2018.7.29

## 在上海
### ——赠吴盐、鲍睿涵

白天，地铁吞吐着海量的
人群。而夜晚，我则是最后一个。

从它持续痉挛的胃，
到它静默的行道树的毛发——

（细密、柔软）我都承担着
仿佛路灯无知的苦难。

看看吧，噩梦栖居叶子的背面，
并把陌生人的面颊模糊……

甚至于树的影子呐，
也被均匀地涂抹在柏油的路面。

[而晨起修整胡须的恐惧，

如早上小商铺的水果落地——

把游荡海上的灵魂唤回。
（咚的一声，我清晰记得）]

但是啊！
　　　这些又能怎么样？

——我搭乘最后一班946，
——满怀绝望的慈爱抵达公寓，

之后是帮助同样夜归的人刷卡进门，
　　它“叮”得多么清脆。

2015.7.9

## 在上海（2）

### ——赠聂广友

在我独居的房间，
我阅读《中国经济问题研究系列》，
并做着漫长的读书笔记。

诸多的问题让人心生厌倦。
那个说股市制度不健全的观点，
那个关于两级政府的批判……

而盛夏的卧室仿佛对此毫不关心。
洗脸毛巾被折叠好挂在身后，
垂成一个四方形（它曾为我清洁污浊）。

面前的呢？则是硬板床上的凉席，
平铺好的家伙深谙留白的美学，

仅有的一朵兰花催我深夜入睡。

那么，我该如何感激它们——
如父母般喂养人之肉体的诸神，
存活在大上海的无名小室的诸神？

这时候，窗外的蝉音用掀起的热浪
告诉了我。我重新翻开书本。
是的。我知道了。这沁凉的热爱啊……

2015.8.4

## 在上海（3）
——赠郑丹

它在半空，旋转着我们看不见的
行迹。尔后，登陆这片曾经的海域。

开始是风，夜色中的
锦衣卫。怕断头的草木为之颤抖倒伏。

翌日，它带来一阵黄昏的暴雨：
乌云压抑，小炸弹十分密集地降落。

多么手足无措的人们多么像是
　　一场巨大病痛的现在进行时，

连拥有块遮雨处的肉夹馍小贩
　　也急促着刀剁碎肉的沉闷之音。

终于，像是懂得放牧过度的后果，
它呼唤手底的宵小前往更深的腹地——

凉爽紧跟其后，追寻每一片肺叶。

然而这可是持续的真实？

和平年代的通货膨胀，请告诉我。

2015.8.11

## 在上海（4）
### ——赠徐慢

我独自走在深夜的街头，
身后的黑暗中不断滋生双手，
它们在我周转脖子时轻轻碎裂。

偶然的一两个夜行人，
像是无声又无息的鬼魅，
侧着身子超过我，奔赴未知之地。

如果他们是去做一件大事情，
如果他们是去躲避什么灾害，
如果他们仅仅只是去趟超市（像我）……

是的。我无法从肉眼所见的和平景象
分析出什么：阔叶煨暖的路灯
似乎是枚晕开的蛋黄，悬而难落。

哎，不如把饥饿的胃填好，
之后快步走回去继续阅读那
晚清风雨飘摇的社会里朝廷的政治博弈。

谁会关心我的恐惧，谁又会
提醒归来时遇到的那个佝偻老人——
站在上师大公交站苦等停运的公交车。

2015.8.18

## 敖运涛

敖运涛，1991年生，湖北竹溪人。有作品发表于《诗刊》《星星》《江南诗》《山东文学》《草堂》《诗潮》《飞天》《诗歌月刊》等。参加“第六届中国·星星大学生诗歌夏令营”，入选由《扬子江诗刊》《诗歌月刊》联合举办的“首届长三角新青年改稿会”。现定居杭州。

## 名器

我有一把利剑，
藏于体内，数年不用已斑斑
有时候，它是木讷少言的留守少年
独坐黄昏，看墙头的鸢尾
伸出饥饿的舌头
有时候，它是衣衫不整落魄不堪的流浪汉
在深夜酗酒，然后将空瓶狠狠摔向
长长的街巷
当然，在更多的时候，它就是一把利剑
悬挂在那里，口吐灼人的目光

## 有些人只能存在于记忆之中

有些人只能存在于记忆之中
他缺少细水长流的耐性，这就决定了
在人生的旅途中，他会陪你走上一段路程
但这段路程不会太长，像白驹
轻轻地掠过时间的缝隙，哪怕刻骨
也会很快逝去，你从记忆深处呼唤他
他在昔日的峥嵘里作答
曾经的阳光照耀在他的脸庞上
他永远那么年轻，永远那么精神
时间给了他最长久的保鲜功能
他不会再前进一步，也不会再后退一步
他定格的那一刻，光辉永远那么盛大
就算有一天，你们在人声鼎沸的街道上碰见了
你也不会大声喊住
你只能怔怔地站在原地，忍受着声音突然丧失的无力和疼痛
眼睁睁地看着他的身影消失在人群里
但你绝不会大声把他
喊住

## 清晨，路过一片树林

我饮尽那片鸟鸣，
仿佛饮尽那欢跳在树杈间的露珠、
抖落的毛羽，以及那长长的坚硬的喙。
仿佛有一百只这样的水鸟，
操着不同的方言，
裹挟着清晨温煦的阳光，
栖息于我的体内，鸣叫，
筑巢，捕捉漂浮在时光之上的小鱼
并在我剑走偏锋时，一次又一次
拍打起强壮的
翅膀。

## 浪呀浪

一朵浪咬住一朵浪的耳朵
一朵浪合并一朵浪
一朵浪借助一朵浪的惯性，凌驾于
一只海鸥之上。一朵浪抛家弃子
远走他乡。一朵浪不可一世，取代了一片海
又被一朵浪割下头颅
一朵浪绽开夕阳，一朵浪平静下来
一朵浪前面是一朵浪
一朵浪后面是一朵浪
一朵浪要花掉一辈子去理解起承转合

## 冬夜，听阶前滴水声

恍惚中，我们就置身这样的尘世，
这样的尘世只有石屋一间，这样的石屋
只有青灯、古书、陈茶相伴

这样的尘世，没有门，也没有窗
我们在石凳上坐下，发呆，听雨滴一滴滴落下，像旧友
黑夜中赶来，深一脚，浅一脚
我们知道，也确信他终会赶到，
但就是不知到底何时，我们听着，雨滴，一滴滴
落下——像酒，越酿越醇厚，
又像醉汉，摇摇晃晃着身子，最终栽进了啊，那无涯

## 大　雪

我要一场大雪，无论春分夏至。我要一场大雪，
像一头白狼。万物，因穿戴得过于臃肿而
裸露。我要白狼，从天空深处降临。草木吐词，群山劈开。
我要它奔驰，踢踏，目光挂满天涯
我要它抖动，白鹅纷纷，一如大地的惊惧

## 移栽记

它们是剪掉毛羽的野鸟，蔚蓝只能在眼眸中
涌现；它们是饮尽风雨的老屋的椽
一阵晕眩。一阵惶恐，像闪电穿过笨拙的身体

大卡车载着它们穿过陌生的城市
冰冷的石头。聒噪的空气
它们拖着残破不全，苟延残喘着，如床榻之上的
老叟

这新的肥沃的土地，是多么坚硬！
它们带血的根，每往深处探一下，都会引来一次失声的战栗

## 世事沧桑

我和父亲一前一后走在水井槽的一条田坎上，
一条田坎像一条笔画写在黄石头村祖祖辈辈耕作的土地上，
黄石头村是蒋家堰镇三十一个儿子之一，蒋家堰镇
是楚长城脚下的一位老农，偶尔也做做小本买卖；
楚长城是出生于公元前的一位将军，如今转业，驻守
关垭子：那一条鄂陕交界的山川脊梁。

我和父亲一前一后走在绵延起伏山峦的
皱褶深处，西北方是秦岭，西南方是
大巴山脉……随着视野不断
开阔，疆土不断扩大，
我和父亲的身影
也越来越小
越来
越
小

是两只蚂蚁——

走在水井槽的一条田坎上：一只名叫敖景友，一只名叫敖运涛

## 她在深夜道我以别

也许是太疼了一点，
也许是两岁的孩子刚刚睡下，
她才在深夜发来这样的短信：
“小敖
我想和你告个别
我现在身体很不好
怕以后没机会说了
你对我的恩情，只能下辈子再还了

谢谢你”……
谢谢？只因为一个弱者向一个更弱者投以的
廉价援手？
恩情？一个卑微者也有“施舍”恩情的资本？
一个卑微者在深夜
看到这样的短信——他的神经，
像一根根抽去筋脉的
青草，微风拂来，只得慌乱地倒伏一地；
一个卑微者，在深夜
只能放下手机，眼睛变成深冬的树桩
直愣愣地瞪着漫天星子，
看看满目璀璨，什么时候又有一颗砉然落下？

## 新年第一首

易碎的，就交给凛冽的风
慢镜头下，闪电细细切割着湖泊
无数个镜子中，映出的我
是不是同一个？无数个
眼眸：那熟悉的身影飞逝。几乎喊出声

## 尊敬的Mr.海

尊敬的Mr.海，我知道您来了
船板靠岸时发出了一阵巨响，提醒了我
您拍了拍挂在身上的海蜇，下了船——

这是2016年7月12日的凌晨1点，
人们都已熟睡；您穿着一件湛蓝的长袍，又一次
站在我的门外。尊敬的Mr.海，

我忙完手中的活就给您开门，您稍等片刻。

像风吹动绸缎，您的长袍被吹起了一个角，
像一叶帆船，荡漾在海面上
我似乎听到了一阵阵海鸟清脆的歌声，如一颗颗

露珠落在我干裂的嘴唇上。您抬起
强壮的胳膊，再一次敲门，像一头巨大的蓝鲸
驶出了西班牙港湾；如果此刻，

我能像年轻的老人，站在蓝鲸的头顶，
劈开一道十几米高的巨浪，并且朗诵一首
莱蒙托夫的诗歌……是一件多么惬意的事情！

哦尊敬的Mr.海，您稍等片刻啊，
我忙完，忙完手中的活就给您开门——

## 寂　静

有一种寂静如同平地突然高耸垒成的
一道壁立千仞的悬崖，仅存的一根竹子弓着劈开了
一半的身子，将头伸进天空，是某种平衡？
还是审判前的沉默？——当我说起多年前外婆的死，
欢声笑语的屋子一下子喑哑下来。在座的有
她的两个儿子，还有四个女儿。
她断气在一片荒地，指甲缝里塞满了黑泥。

## 有一些词……

……有一些词，蛰伏在黑暗的泥土里，汲取
水分和养料，有时是根，有时又不是；
有一些词，挺拔笔直的腰板，身披一件铜质铠甲，
有时是枝干，有时又不是；

有一些词，张开绿色的翅膀，一生都在飞翔，一生
都在原地，有时是叶子，有时又不是；
有一些词，另辟蹊径，要么发扬光大，要么
客死他乡，有时是侧枝，有时又不是；
有一些词，怀揣秘密，浓妆艳抹，
上演一出出美人计，有时是花，有时又不是；
有一些词，集万宠于一身，闪耀着玲珑，还不时泛着
羞赧，被飞鸟带去远方，被风接进大地的
怀抱……最终死掉，腐烂，从它的残躯上将长出
一些新的词……有时，是幸福的，有时又不是……

## 阳光在窗外的樟树叶子上拍打着浪花

是一群顽皮的孩童，
跳上春天的樟树。旧的日子已在一夜之间
被风叼了去。剩下的，都是新的——
他们一人踩一个秋千，比谁荡得更高；
他们拿起石块，向平静的湖面飞去，激起了
朵朵浪花。他们还叫来了鼓手、作曲家、调香师
一起玩耍……在一个周末的清晨。

是一只松鼠发现了这一切，
它独自蹲在窗台，注视了很久——

## 访栖霞岭——寄师长朱庆丰

肉体凡胎沉重。试着给红砖插上一对蝴蝶之翼
身处都市中心，练习在层林尽染中觅一叶
绿，在喧哗聒噪中捕捉一声鸟鸣
黄龙、白沙泉、金鼓、牛皋墓、鲍庄
蝙蝠洞、紫云、乌石峰
双灵、香山洞……当这些词，

在我们的诵读下拔地而起，我们就是这岭上的
草木石子——生活命令我们交出双锏，不如索性也交出
这一身绝学。做一个粗布裹身的牧童，
一头老黄牛、一支横竹笛，便将这风光旖旎的山水
请入画中：我不动，风就不动；风不动，
尘世就尚远。

## 游杭州花圃，给贝贝

不问前生，不问身姿、色泽。
不启味蕾。单听听
她们的名字：法拉皇后　沃勒顿老庄园
克劳德·莫奈　鸳鸯泡　玛丽玫瑰　金太阳
单听听她们的名字：豹子　蓝色狂想曲
阿尔弗莱德·西斯莱　仁慈的赫敏
尤特森　流星雨　然后默念，小楷，慢慢写下：热带雨林
红玛瑙　粉帽子　金奖章　红宝石婚礼
你就会知道：人生多美好，
生活多有意思。然后，给翅膀一阵
微风：艾拉绒球　新1号　甜蜜生活　平湖秋月　彩云艳丽
然后，继续念、听、闻、触，沉浸
其中：新想象　藤尼克儿　桃红春山　紫袍玉带
马克夏加尔……当然，还有一朵，叫
亲爱的谈贝：她走到哪里——我就跟到哪里

诗建设

# 跨界

Crossover

## -鸥阳江河-

欧阳江河，1956年出生于四川泸洲。诗人，北师大特聘教授，博导。

出版了十三本中文诗集、三本德语诗集、两本英语诗集、三本西班牙语诗集，以及法语诗集和阿拉伯语诗集各一本。自1993年起，应邀赴全球五十多所大学及文学中心讲学、朗诵。获华语文学传媒大奖年度诗歌奖及年度杰出作家奖、十月诗歌奖、芳草诗歌奖、英国剑桥大学诗歌银叶奖。

# 书法杂感

欧阳江河

记得十二岁时第一次看到王羲之的字，当时真把我给震了，尤其是他的《丧乱帖》。我陆续看到的王羲之帖，除了《丧乱》，还有《快雪时晴》《省别》《远宦》《姨母》和《十七帖》。但我没在王羲之的字上下苦功，直到最近几年才开始意临。王羲之的妙处在于他的严谨克制，耐人寻味。他的字你觉得写透了，写得像极了，但没用。仅仅学得像不行。我脑袋里面一直有个幽灵般的想法：王羲之的《兰亭序》的真迹会是什么样的？不仅仅是用笔，包括用笔背后隐藏的那种微妙的、有韵味的东西，那种像计算机处理过的精确性，多一点就过了、少一点又不够的东西。你搞不清楚它那种精神上的精确性哪儿来的。那种书写的瞬间性、现场感，在一瞬间让观者感觉到字里沉积有百年、千年、万古的考量、磨损、修炼、积累、提取。一瞬间有万古的感觉，但又有初始感。一万次以后的初次感，一切是活的，刚发生的。

四十之后我迷上了林散之，他的大草。王羲之的《十七帖》是小草。张旭、怀素以后，有了大草，真正的草书的东西出来了：那种流动性，那种生生不息、那种多向度衔接与照应、那种深呼吸和换气、那种内视与外拓、进取与退身所形成的源源不绝的生命状态。怀素把篆字的线条和笔意放进了草书。张旭是狂草，他放进去的是剑法、剑意，是人体的舞蹈元素通过金属元素传递出的变化。王铎把提按、方笔、外拓、胀墨等元素放进了书写。林散之一生反复写《西峡颂》，他把汉碑的笔意和刀意放进去了。还有他老师黄宾虹的影响，那样一种元气茫茫收不得的墨法变化。林散之草书特别感动我的，是书写本身的时间感，将生命的萌芽、生涩、半熟、成熟、过熟、凋零、渐逝融合在一起，不添加分析成分，不带有教科书腔调，时间的羽化处处弥散，不强求时间之形构和性质的绝对统一。反观王羲之的字，则是无时间的，将一万个瞬间压缩成一个瞬间，并不呈现时间各个阶段的重叠和进退。

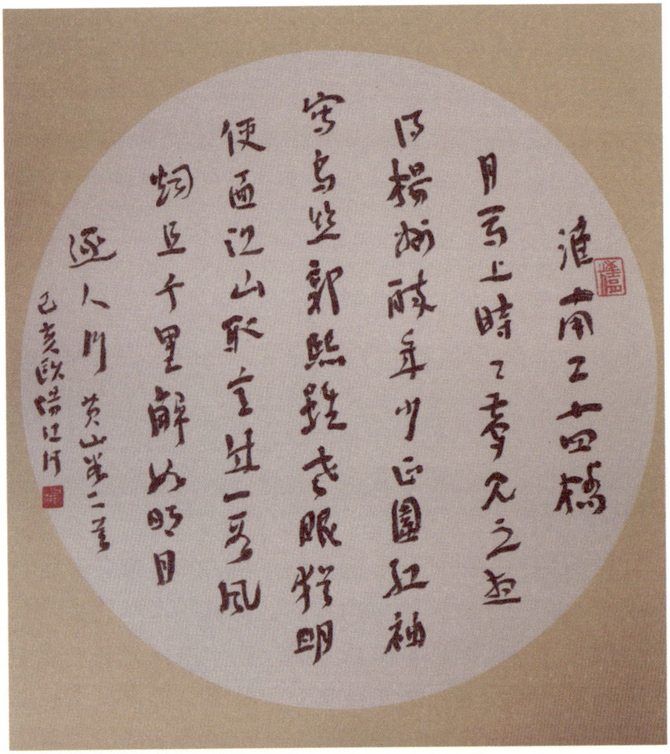

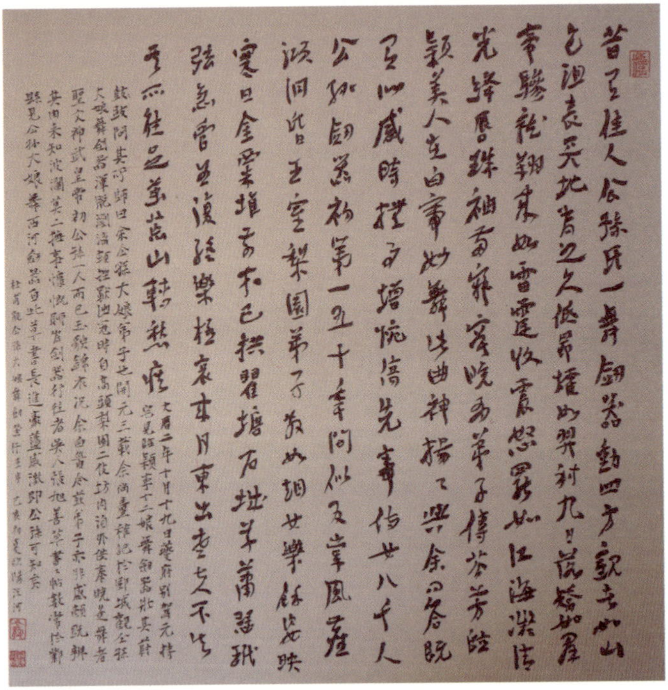

或许正是这种浑成的时间轨迹，传递出林散之草字独有的沧桑感，以及无人能及的草书味道。但什么是草书味道呢？很难定义。但懂字的人看得出来，感觉得到。林散之信奉自然书写，信奉对时间、对节奏、对变化的把控。但这一切似乎不是控制的产物，反而像是失控的产物。不过写大草的失控，本身是最大限度的控制。大草的失控，感觉就是一个人在书写状态中，生和死的沟通一体化了，醉和醒、黑暗和光明、丧失和得到，接续在一起。这种统一与平衡，是磨损出来的，而不是计算和搭配出来的。它是发生和创造。技术性的积累只是外在的保障，只是准备，所有这些最终要会聚成生命的创造状态：把书写的时间性和空间感结合起来，达到一种受控和失控的交合状态，一种呼之欲出的、有呼有吸的、舞之蹈之的状态。

这种状态我们在张旭、怀素的草书中有所见识，在公孙大娘舞剑的状态中有所体现。创造性这个东西是一致的，就是生命在那一瞬间的收束与绽放之际，聚集了众多的亡魂与生灵，调用了众多的训练和践行、确认和互否、显现和消除，所有这一切的共同参与和见证。创造意味着呈现、打开，这样一种活的状态。观者一瞬间会突然被打动，作品所产生的那种气场、那种味道、那种优雅和狂喜，甚至冒犯和反诘，全都在其中升起和飞起。这一切择日而至，择人而在，不是每分每秒都在，而是选择一个时刻神秘地到来。

我很赞成林散之的书写观：自然书写。这和当代书法对设计感、字的变形、空间扭曲、视觉冲击等元素的极端强调，是很不一样的。自然书写能出一些天趣，也许它没有那么精心构造，总会有一些瑕疵，且较少意外效果，但书写者从自然书写中所深深接通的那种“思接千载”，才能体味到书法的真正玄妙之处。

我写汉碑和林散之先生有相关之处。他可能没怎么写过魏碑，我写过《张黑女》和大部分《龙门二十品》。我看到孙伯翔写的《始平公》和王学仲的北碑字后，就不敢把魏碑往深处写了。他们的碑写得是真好。但碑写得太好以后，我认为也有负面问题，碑写得太深入字就流动不起来了，因为碑是停止的，写到最后就不能写草书了。我喜欢把反的东西综合在一起：一方面我喜欢碑，但又喜欢草书。碑把字写死，把活的流动的东西写得停止，把字从纸写到石头里，把笔写到刀里面去，写得沉重，写到骨髓里去。但很多人深入到碑字里就出不来了。我是天生喜欢草书，喜欢偶然性这个东西，喜

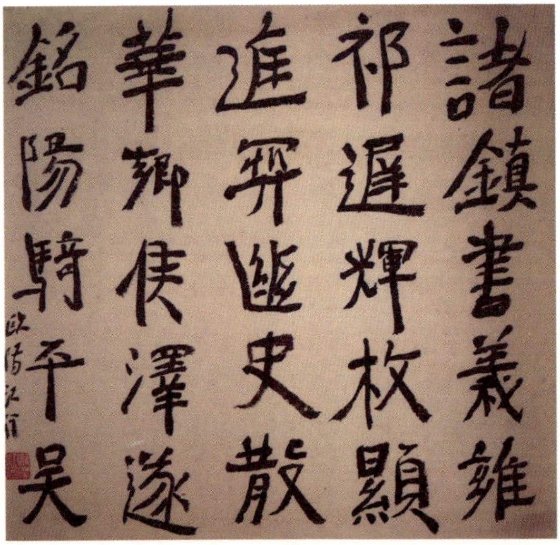

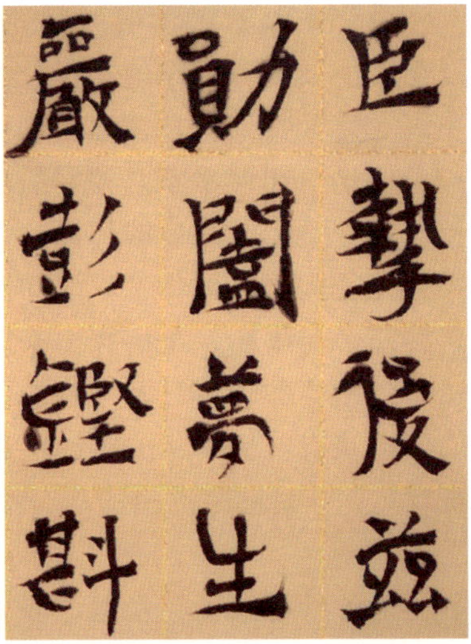

欢书法在纸上那种云烟散开的感觉：而这些是魏碑所没有的，碑是以软笔写出硬骨头的刀意来。我的想法是更多地把碑作为一个综合的书写，同时又发展到写民间书法。民间书法产生在穷乡僻壤，千百年来，那些无名氏写的便条、药方子、抄经等，也是我的书法的来源和参考的对象。书写者不是文人，不是书法家，那些写的刻的留在石头上的书迹，对我也有影响。尤其我的小楷大量参照他们的笔意和趣味。它有那个时代的天趣、气息和精神，在碑和帖之外。

我写草书主要来自帖学，但行书则是既脱胎于写碑、写简，又与写帖脱不了干系。我的行书里面比较笨的、比较涩的、比较停滞的东西多，但又老想沾染点灵动的书卷气。至于那种像水一样流动的元素，它更多体现在我的草书里，一开始我学的就是张旭和怀素，这两个人就是我学草书最根底的东西。草书的根本在于它的运动性、流动感。碑反对流动，让流动停下来，就是孔子所说的“知止”。知道停止，是碑这一派根本的美学立场、根本的美学叩问。草书是运动起来的，一切都是在连绵不断的运动中、快速流动中留下自己的痕迹。

我的书法包含了一种矛盾的、相反的、抵触的性质在里面。我写草书，流畅里面也暗含了很多别扭的、不协调的、反词的东西。林散之写草书，放进了汉碑的笔意。王铎的草字是限制提按的运用，节奏靠笔的顿挫，以此表达对运动和停止的复调式理解——运行里面包含了停止，顿挫靠转笔节奏的调节来表达对书道的理解。而怀素的草书笔法里面掺进了大篆笔意，线条的粗细变化很小，笔笔中锋，将篆的笔法当草法。祝允明、王宠直接把楷书用到草法里面去，黄山谷是把行书的笔法放进去，所以行书、竹简、汉碑、魏碑这些笔意都是可以放进草书的。但我个人认为最迷人的草书还是大草，还是张旭、怀素、林散之，这三个人的草书天下无敌，对我的影响也很深，在草书的根本理解上面，我是同意他们的观念的。

我理解草书是深入到根本的，这个根本来自深处的读帖和思考，而不是单纯的书写。书写只是表面上的形似和技术上的熟稔，着力处主要在于字法、墨法。但是，草书的根本不在这里，这些只是草书的幻象以及知识体系，只是书写文化形态的外在的呈现形式。如果进入到草书的深处看它的镜像、它的形态，那么你写出来的就不一样。张旭、怀素、王铎、林散之他们的草书深处有这样的形态，有一个根本的立场、一个思想体系、一个世界观。这个是很重要的，我的理解和观看已经很深地进入了草书的这个镜像和这个体系，我写草书也就十多年左右，我觉得我缺少的是功力以及技术层面上的东西，我的生长空间还很广阔，要走的路也还很长很远。但我已经触及了草书的内核。草书到底是什么东西，它深处的文化背景是什么，这些东西我是非常深地想要抓住它。

碑帖、经书只是一个表现形态，但更深处还有一个生命的文化形态，这对草书特别重要。它不是天天写就可以得来的，但是行书和楷书是可以的，包括隶书，你可以对深处的东西茫然不知，天天写，下死功夫写，就可以写出大概的、像模像样的东西来。但是草书不行。草书像云一样千变万化，不像楷书、行书有一个真正意义上的定型的范式。这个范式已经开花一样浮到了表面形态，这些书体深处的镜像，大致有一个百分之九十的表象呈现。草书泄露天机，只是泄露了一些零碎的物象。草书深处的幻象和文化形体，通过日常书写，或许可能呈现百分之二十，但总括而言草书简直就是天机不可泄露。写者如果只是简单的仿写、苦写、成千上万次写，所知所得一定甚少。为什么林散之草书出现的时候，中国和日本懂书法的人都是那么震惊？因为他带了一部分深度天机出来，而且是综合的，不是从他人身上，而是本就搁放在某个处所，被他真理般（或许是黑洞般）洞悉，又被他神秘地、近乎圣徒般呈现了出来。草书的这种天机，类似于李白在诗歌深处所领悟到的那种“大块假我以文章”的难言、不可言。

后来我看到了日本书法家井上有一的作品，也给我很大的震撼。他没有任何消费意识，没有功利性，那种把命都放到书写里的例外状态，字里有一种舍命的崇高感，既古老又极其当代。大多数书家都还是写修养，写趣味，写文化身份，写一种优越感、精英的东西、文人的东西，井上有一把这些全掏出来扔了。他就是要掏空一切，只为了把命放进去写。还有一个二十世纪的日本书家古谷仓韵，我非常喜欢他的字，他主要是从简的深处悟字，此人好像是一个不存在的幽灵，一个从肉身生命退身出来、羽化而去的人，只在书法、书道、书写的层面存在。井上有一正好相反，命和字一体了，你在他的书法里面可以看到他的肉身，鲜血淋漓的一个人。这两者对我影响都很大，一个是只有书法，后面的人是个空身；一个是人书一体，构成一个内驱力的极端气场。两者都足以造极。

当今中国，有的书家字写得很好，但把所谓的好字写得生命全无，没有心动和呼吸，没有舞蹈。书法绝不是漂亮的笔画组装在一起就是好字，而是合适的、恰当的、贴切的书写元素生长在一起，建构在一起，形成微妙的呼应，形成生命的共同体。那样一种贴切、合适、恰到好处里面，包含了太多太多的东西。就当代书法而言，我推崇原创性与时代特性的深度综合。当代书法，为什么不可以像当代思想、当代诗歌、当代物理学那样，试错般地去写，试试看能不能写出些非花非雾的东西、混乱复杂的东西？不仅将灵动、飘逸、精致、幻美的字写在纸上，也将木讷、拙钝、别扭，甚至圣愚的东西写入笔底。当代书法，应该是开放的，多元的，包容的。多一些幻美、抒情、甜蜜蜜的东西当然没问题，但我更看重那些深具说服力的、带有扭结力的、秋风破的字。很奇怪，一方面我推崇书法的书写性，对反书写保持质疑，但又为反书写有可能为书法带来的当代性感到莫名的兴奋。如果将书写性理解为机械的、亦步亦趋的仿写二王或颜字，这我不认可，它真的让人腻味。

当代人的字包含了特有的趣味和时代精神在里面，包括标语公文的、压缩饼干式的、市井俗气的成分，构成了当代书法丰富的、多样性的趣味。它的俗气、官气、市场气、展览味，它的浅薄，它的喜感，它的小自我、小格局、小资或中产阶级的装饰性，所有这些混生在一起，构成了当代书法的总体趣味。总的来讲，就拓宽书法的可能性，更真实地理解书法与当代日常生活、与总体时代精神的关系而言，当代书法的趣味，是古代书法不能取代的。一部书法史，晋朝尚韵，唐朝尚法，宋朝尚意，当代人尚趣，这里的“尚趣”就是多元化、后现代意义上的混杂。我们不能在当代只写二王的字，不管二王有多么精彩。

关于当代书法的书写内容，我以为，一味拘泥于书写古人的诗、文、笔记，或佛经片段，是有问题的。但这个“写什么”的问题引入到书法创作的语境后，又关乎“怎么写”的形构问题。传统书法来自古汉语，它的书写性与汉字的同构关系是天然契合的。而当代内容与当代书写的关系，远未得到澄清。书法的元书写，往深处追问，一定有个“原文”问题。当代文字内容的元书写是什么，至今没有达成共识。这不仅涉及汉字的繁简问题、横写竖写问题、节奏与换气问题、装饰与实用问题，还涉及一个根本的切问：书法的主体是谁？因为我们这个时代的书家还没有把肉身的生命写到字里面去，把它写成一个幽灵的东西。还没有到这个阶段：我指的是当代中文内容的书写，还没有出现古汉语书写里早已有之的、像花在开水在流一样的“幽灵”性质的东西。“写”还没有在当代书家身上变身为幽灵。而书家们一写古诗古文，草书也好，篆字也好，汉碑也好，写到深处，那个“幽灵”挥之不去。但当代人正在写的这些东西，它的生命来自哪里？可能还是借的生命。诡异的是，如果没有“幽灵”的喂养，我们没有办法把自己身上的鲜活的东西也变成幽灵，确切无疑地放到当下创作里去。幽灵这个东西需要积累，需要磨损，需要残酷，需要否定。当代书家正在寻找、正在揣摩、正在写的东西，无论它是作为发生，无论它在哪里、是什么，显然还不是一个“幽灵”，还没有获得那样的生命的深度、那种经典性和否定性。除非你假造一个真实，否则它不是一个真正的东西。它不像我们写二王，写米芾或王铎，包括林散之：他们已成“幽灵”。

一代人的努力可能不够，需要好几代人共同的、持续的摸索和努力。神秘性还没出现，那种可以在百万颗钻石中总结我们的、划时代的书写者，或许也还没有出现。那么，在当下，请允许当代书家们放进点多元的东西在书法里，彼此渗透，沾染，串感，变形。很多人已经这样在写了，充满了能量感、原创性，以及奇思妙想。传统书法和当代书法的相遇和相互打开，其实就是类似于“未来的已逝之物和过去的将逝之物”的相遇，构成一个活生生的当下。

## 蓝蓝

原名胡兰兰，祖籍河南，1967年生于山东烟台。出版有诗集：《含笑终生》《情歌》《内心生活》《睡梦睡梦》《诗篇》《诗人与小树》《从这里，到这里》《唱吧，悲伤》《一切的理由》《世界的渡口》等，出版中英文双语诗集《身体里的峡谷》《钉子》以及俄语诗集《歌声之杯》；出版散文集六部；出版童话六部。曾获诗歌与人诗歌奖、苏轼诗歌奖、袁可嘉诗歌奖、华语传媒文学年度诗人奖等。

## 杜小同

1972年生于陕西富平，1995年毕业于西安美院附中。1999年毕业于中央美院国画系水墨人物画室，获学士学位。2009年毕业于中央美术学院，获艺术硕士学位。现就职于江苏省国画院。在中国美术馆、广东美术馆等举办过个展。

# 对话：艺术是虚空中的那棵稻草

蓝蓝/杜小同

**蓝：**我是个写诗的，对中国水墨画一知半解，但因为我们所处时代和环境使然，在写作中或许也会遇到艺术家们面临的问题。中国新诗不过一百年历史，现代汉语诗歌和古代的格律诗已然断裂为两种不同的语言方式。我想知道，对于中国画的创作来说，是否也存在这样一种“断裂”？如果有，请问它从表达形式和表达内容上有什么不同？

**杜：**中国画似乎没有诗革新得那么彻底？中国画一直抱有中西融合的想象，走渐进式的改良的路线。不管是徐悲鸿、蒋兆和还是林风眠等，实际上都是希望用西洋绘画改造旧有的中国画系统。苏联的革命现实主义又很长一段时间左右着中国的艺术教育。几代人的努力很艰辛，虽然出现了很多优秀的作品，但中国画在今天的处境依然有些尴尬。艺术全球化和文化的多元化以及表达的个人化倾向不可逆。个体艺术家的探索和突围很珍贵。

**蓝：**笔墨纸张等材料在中国画中的重要性不言而喻，但也有人批评国画画家太过依赖材料带来的偶然性效果，因为创作本身并不是“自然”的行为，将其和中国“道法自然”“顺其自然”的传统哲学观扯在一起过于牵强，您怎么看这个问题？

**杜：**中国画的材料延续了上千年，自然是适应了它的文化承载性能的。这是一种主动性的选择。不管是狼毫还是更软的羊毫，都是宣纸最好的书写工具。和墨在一起，其性能都趋于柔和。这也顺应了中国文化的阴性特质。偶然性只是材料的自然属性，最终要靠心性来掌控。大道无形，无法为至法，最终是人的实现，是人与自然的沟通。“偶然性”效果是停留在材料的物性

杜小同

上，并未涉及人的表达系统。中国画里有所谓的“俗画”，指的大多是这种画，其中看不到人性的光芒和自然的力量。

**蓝：您前期的作品以人物画为主，色彩也很鲜明浓烈，但近些年转为风景画，色彩也更为单纯和浅淡，这种转变是基于什么样的思考？您是否认为“雅”与“淡”必然地会融合在一起？是否沉郁的感受和激情也不必浓墨重彩？您认为水墨画的本质是什么？**

杜：我以为雅是和清、远、淡、简等联系在一起的。墨色的浓淡以及视觉的强烈与否都不能直接通往雅。力量的传递有很多种方式。个人角度，情绪和体会很重要。我想水墨画的本质还是心性。今天的水墨画语言系统更多地是从表达自身出发。当然这里面有关于自身以及文化系统的规定性。

**蓝：您在中国美术馆展出的“寥”系列作品中，“竹·石”这一部分对石头的描绘占了相当大的分量。天然的石头随处可见，基本处于无用而废的状态。您为何选择石头作为主题？譬如竹子，在中国传统文化中是精神性的象征，但在您的绘画中它处于配角位置。**

**杜：**石头是我每天在海边都能看到的。传统中，石头实际上是承载着自然的内容。要说有不同，我关注的都是一些荒石。传统题材的竹石主要还是自然的一种关照方式，是一种意象。竹表达着一种品格。而我更关注它的生命。这些石也更是还原它不沾染文化属性的那一部分。这和海的那部分实际上是关联的。期待离开现成的框架它会是什么样子。

**蓝：我在烟台海边出生并度过童年，我对大海的爱犹如对亲人的爱。我知道**

蓝蓝

您出生在关中内陆，您对大海怎么看？大海又会怎么看您？我知道表达天空、大地、海洋、宇宙等无限无垠的存在是非常困难的，它需要内心有辽阔的想象力视角。在您的“海 · 滩”系列中，你是如何表达这一视角的？

**杜：** 海的题材出现在我的画面是我来烟台十年以后了。我不知道应该是年轻时根本没有能力驾驭这样的题材，还是因为一开始我的绘画观念在形成之初对这些内容视而不见，或者兼而有之。总之我触碰过很多题材之后才和海真正地相遇。不管我面对海与否，它在四时的变化中度过了万亿年。海和西北的荒漠有许多的内容相似。不同的是，面对着大海，你只能产生对阳关之外的想象，少了对故人的期待。它更虚无，仿佛是伸向了无穷。它直接把你带入虚无的境地。它是生的巨大的镜子。

**蓝：** 您笔下的大海不是蓝色的，为什么？某些时刻海和天空几乎浑然一色，因此游泳的人在您的画中犹如在一个一动不动的梦境之中，仿佛那是一个不存在的梦，一个令人生畏、神秘惊悚但同时又从容宁静的梦。请问您是神秘主义者吗？事物的神秘性对于您意味着什么？

**杜：** 船，云，还有人，所有一切都像是闯进了海湾，被海收纳并融进海中。中国文化非常高妙地把自然在时间上无限延展开而把空间又无限压平。古时月和今时月，空间没变而时间已去万年。我不断地描绘着视线所尽。对那根天际线的描述实际上是我与世界最纠缠的描述。它来自现实，又是时空中的抽象。画面里剩下被分割的空间。人只是借用这个空间来享用时间的恒长，分享着海的宽广、辽阔、包容、无情、残酷、荒芜，从中获取某种安详踏实，并获得力量。倘若有一些神秘的体会，我想那应该是来自我的天性。我心底里以为没有什么是可以确定的，我们不可能了解我们以及我们身处的世界。我特别渴望去体会那些永恒感，这是我唯一相信的实在。

**蓝：如果可以给大海几个形容词，您愿意给出哪几个？为什么？您画中的海看上去既不浪漫温馨，也不狂暴凶残。在我看来，它呈现出一种让周围的一切都消失于无形的力量，仿佛那是一个类似天文学意义上的黑洞，一个平静的深渊，但您又是用一种极其平淡的色彩表现出来的，您是如何想的？**

**杜：**我的文字思考及表达一直不好。我真不知道用哪些词能更恰当地描述我对海的体会。或者我并没有真正面对海。我一直以为：思考最终要朝向抽象。艺术在表现上一定要依靠抽象，尽管目前来看我的绘画不会走向抽象绘画。题材终归是借口。终极是通过身体但最终必然离开身体。平静是对身体的过滤。一切挣扎、激愤和热情，包括爱，最终归于秩序，归于无色平淡。

**蓝：在创作中，您更多地依靠所谓"灵感"还是长久的思索感受？理性在您的创作语言中比感性更重要吗？**

**杜：**我尊重感受的身体机能，我害怕理性。理性常常让我迷失或手足无措。所有的理性和思考最终在面对自己时都要再次回到一种本能。毕竟最美的样子，是你完成了你本来的样子。

**蓝：在诗歌写作中，修辞技艺是非常重要的，但不是最重要的。在您的绘画中也是这样吗？现实生活和历史感在您的绘画中又是如何呈现的？**

**杜：**也一样。至简至淡是表达感受最有效的方式。我想这和诗一样，精彩一定不是因为语言或者别的什么，它一定是源于某种秩序的建立和微妙真挚的体会。语言的微妙会干扰那个最动人的微妙的东西。语言太吸引人，可往往存在假象。语言又必须要有力量。它的确在有些时候会成为思考本身，或者扮演着重要的部分，很难割裂开来面对。

**蓝：您的画虽然是具象的，但又并不写实。我能看出它们要表达的抽象的东西。这一部分并不像传统绘画中依靠画面的留白去完成，而恰恰是依靠具象的事物来表达的。您有可能尝试用最单纯的抽象绘画语言去高度概括自己的感受吗？如果没有了具象的细节性，是否更为困难？**

**杜：**艺术一定是抽象的。这不仅仅是指抽象艺术。实际上之前我也尝试过抽象绘画，但我觉得目前还不适合我。我还是喜欢笔墨的意象性表达，通过图像的借用和想象，经由笔墨的虚实阴阳，把自身投入一种意象之中。这情境会让人暂时地有了投靠。抽象绘画是基于绝对理念的产物。中国文化里很难产生这个东西。我想文学艺术的力量都源于它背后的价值支撑，这也是我们评判作品的基本原则。我不是要强调回到中国传统的文化系统中，那也没有一点意义。但我常常会思考我的画面，思考她离开物象的样子——我的意思是说，尽可能地，用最少的物象来承载我的最心底的那个东西。它一定会有自身的某种内在联系和形而上的超越。物象总是干扰的因素，现实的东西在指向上与心底本意往往会产生歧义。它必须回到或者说建立起一种新的结构。这是最难的部分。所以每一幅作品的完成过程都是和世界的不断较量、博弈；每一次都会是一个个的物象被逐渐画没了，逐渐又折返，回到空白，再回到形象，再空白，又返回。最终留下的，是反复之后无法再逃避的世界。

**蓝：当代新诗写作大致可分为口语化和书面语化，情绪表达方式上也有抒情性和叙事性。在当代中国画创作中，是否也有这样的不同？您自己的风格是什么样的？**

杜：这个也大概相同。我个人总是尽可能地抽离掉一些关于叙事性的内容，尽可能地直视世界本身。绘画性无法被别的语言置换。从对象世界到绘画语言，这中间不再需要中间环节。这不是艺术观念，是绘画自身。

**蓝：近些年很多艺术家和诗人、作家都有了到国外交流的机会。有一种说法是针对文化“身份焦虑”的，那就是“西方把你变成了中国人”。于是我们看到了中国艺术家或者作家、诗人返回传统文化，强调民族文化的特性。您有这样的焦虑吗？在西方艺术和中国传统艺术这两种“历史阴影”的背景下，您对自己未来的创作有何期许？**

杜：这些年，这种焦虑逐渐消失了。我现在不太纠结中西方的问题。文化的地域性是天生的，每个人看到的世界都只是一个侧面。世界的整体把握只有佛陀和上帝可以。我们只需把自己的世界尽可能地描述深入。每个人的努力都代表着他所处的文化的努力。今天的世界既然已经是平的 ，当然要自然地面对。知识结构的改变、视界的扩展自然会成为自身文化衍化的条件。我想我的创作还是基于中国文化内在的线索和可能的，水墨画离开了这个土壤，她也许依然是有价值的。但她离开了水墨本来的意义。我很希望我的创作依然保持这种规定性的创作，它不是束缚，是出发点。

**蓝：我在国外很多美术馆看过当代艺术展览，我对当代艺术的变化方向也存在很多困惑。装置艺术、影像新媒体等表达，给西方传统架上绘画也带来了**

杜小同作品 《寒》 127cm×59cm 水墨宣纸 2020

**很多冲击。在诗人们的创作中，以往的押韵、隐喻、比喻等外在形式，也不再被多次地强调，很多人吸收了散文化的写作，尽管这样的写作是否有效还有待时间来检验，但它的确动摇了很多诗人坚持诗歌的音乐性、节奏感和抒情性的决心。在绘画艺术界也存在这种情况吗？您认为中国画在未来大致会呈现出什么样的状况？**

**杜：** 每个群体都应得到足够的尊重与自由，多元的创作方法会带来更丰富的思考维度。不同媒介背后都有相应的思维和工作方法。个体精神的呈现和认识世界的愿望才是艺术追寻的。丰富性是好的。但作为个体，能守心，有时候心无旁骛的偏执是不错的选择，也是自我存在最好的出路。艺术对我来讲是不断地自我超越和自我惊醒。她的确成为虚空中的那棵稻草，让你一次一次感受虚无并超越虚无。

**蓝：您平时读诗吗？您觉得诗歌能为您带来什么？**

**杜：** 年轻时还经常读些诗，现在越来越少。相比较小说，我喜欢诗。诗的语言和绘画极类似。往往有一语中的的痛感。前天晚上睡前看“好歌声”，有一搭没一搭地在听。突然一句“我把远方的远归还草原”把我拽回节目。差点没忍住眼泪。流行歌曲里有这么动人的歌词的不多。后来才知道是海子的诗。语言会有神奇的力量。我没找这首诗来读，但这一句就会砸到你。我不知道是什么让我感触，我感受到天地、精神与肉体、虚空与脚步。这种虚和实太有力量。

# 诗学

## Poetics

# 论语气

敬文东

## 1. 从创作（或曰虚构）的层面上看，语气（speaking voice）是创世性的。

1.1 像音乐一样，任何形式的写作（何况虚构性写作）总得先定调，然后，才有可能将写作化为现实，只因为创作是语言的艺术，而语言必然是有声的。

1.1.1 所谓定调，就是选定某种语气，亦即发声的方式。

1.1.2 能够迅速选定语气的写作者，可以被称作成熟的写作者。虚构的写作者即创世者（Creator）；他/她必须被理解为无中生有者。

1.1.3 因此，从写作（或曰虚构）的技术层面上说，语气是写作（或曰虚构）的起始；或者：虚构（或曰写作）始于语气，受造于语气。

1.1.4 此处的语气（speaking voice）不是普通语言学乐于谈论的那四种语气（亦即tone，详论见下）。

1.2 有何种性状的语气，就有何种样态的文本。

1.2.1 特定的语气型塑（to form）特定的文本，包括文本的情绪、形貌，直至文本的内在纹理——文本的一切。

1.2.2 对于某次具体（或曰特定）的写作而言，语气具有唯一性，亦即只有一种语气（最）适合于创世这个文本。

1.2.3 不同的文体需要不同的语气；相同的文体（比如小说）出现在不同的时刻、不同的写作者手中，也需要不同的语气。每一种特定的文体都是看待世界的特定角度。因此，听觉性的语气必须经过一个视觉化的程序，才能开启文本的创制过程。

1.3 文本呈现出来的形态是文字性的。

1.3.1 文字性的文本并不意味着文本只能是视觉性的（虽然它首先是视觉性的），而不可能是听觉性的。

1.3.2 汉字固然不是对汉语的记录，亦即汉字不是作为汉语的记音符号而现身

（它更有可能是记事或者记味的符号），但并不意味着汉字性的文本居然缺乏听觉性。

1.3.3 文字性文本的阅读者唯有依靠自己的内听（亦即内心之听或者听之于内心；“内听”在构词法上模仿了“内视”），去还原文本制造者的语气，或者依靠内听准确侦听出和辨析出文本创制者的语气，才有可能准确理解这个文本。

1.3.4 文字性文本的制造者渴望读者准确把捉他/她创制文本时所使用的语气；这种性质和样态的读者可以被认作“隐含读者”（implied reader），或“作者的读者”（authorial reader）。

1.3.5 从文字上读懂文本，可以准确地解开文本的意义（解义），亦即弄清楚文本到底说了什么；准确把捉、还原、辨析或侦听文本创制者创制文本的语气，则能解开文本之意味（解味），亦即文字性文本传达出来的言外之意。解义+解味，才算得上读懂一个特定文本的最终标志。

1.3.6 古典中国对语言向来持极为谨慎甚至质疑的态度，它很严肃地强调要“讷于言”（《论语·里仁》），却也格外重视言外之意，所谓“语尽而意远”（白居易：《文苑诗格》）；所谓“言有尽而意无穷”（严羽：《沧浪诗话·诗辨》）。

1.3.7 在口语中，“看书”与“读书”貌似指称的是同一个或者同一种行为，实际上大有差异：前者是视觉性的，负责解义；后者是听觉性的（内听），负责解味。一般情况下，看与读同时发生；但在必要的时候，看与读也可以分开，比如，快速扫描、扫视一个文件（可以不必发声，亦即没有内听出现），也能十分机敏地获取文本的大致意义，亦即这个文本大致上表述了什么内容。这刚好证明：从理论上和原则上讲，看书与读书可以各司其职；解义和解味可以分开——它们可以是两件事。

1.3.8 解味大于解义。事实上，被作者之语气创制出来的文本更渴望被读者解味。意义和意味的关系可以这样来理解：意义像固体的盐，意味像液态的水，意义溶解在意味里。因此，意义是有意味的意义，意味是有意义的意味。

## 2. 从叙说或展现给定之世界的角度上看，语气是选择性的。

2.1 从原则上或理论上讲，可以选择任何一种语气叙说同一个事件，亦即同一个事件可以被任何语气所展现，所叙说。

2.1.1 世界是由事情构成的。所谓事情，就是围绕包括人在内的物[古人称这样的“物”为“大共名”（参阅《荀子·正名》）]，组建起来的动作/行为的集合；事件是事情的片段或整体。

2.1.2 事件总是存乎于现实世界（亦即给定之世界）之上的事件；事件自为、自足、自洽，无所谓意义。语气属于语言世界：它是语言的一部分，因为任何语言都得发声。现实世界中的事件唯有被吸纳、被凝结到语言世界，才可能对人（而不是对事件本身）产生意义。

2.1.3 意义是人与世界的联系方式；或者：唯有赋予事件以意义，人才可能与世界发生关系。

2.1.4 可以选择任何语气叙说同一个事件，正好是这个事件可以得到千姿百态之展现的前提。事件（事情）的集合乃是历史，任人打扮的那个小姑娘既可以存乎于不同的意识形态（或曰观念），也能够存乎于不同的语气。

2.1.5 同一个事件在被不同的语气展现出来时，已经不可能再是原来那个所谓的同一个事件——以丧礼上的哀悼语气主持的婚礼，和以婚礼上的欢快语气主持的婚礼，还可能是同一个婚礼吗？退一万步说，婚礼也许还是那个婚礼，但婚礼的意义完全不同。这意味着：同一个事件被不同的语气叙说出来时，获取的是不同的意义；那个被人随意打扮的小姑娘等同于同一个事件被不同的语气随“意”赋“意”。

2.2 给定的世界是现实世界；现实世界总是世俗性（或经验性）的世界。

2.2.1 在现实世界中生活的人首先是世俗之人，他/她必然要也必须会亲身经历这个世界，并以获取意义的方式与这个世界相往还、相交接（华夏古人将这种行为称之为“应物”）。

2.2.2 即使是信徒对彼岸或神进行体验这件事本身，也只可能是发生在现实世界之中的事件，而且是特定的事件、这一个事件。

2.2.3 体验彼岸仍然是体验者的亲身经历，只可能是他/她的亲身经历，没有任何人可以替他/她行动。我可以替你祷告，我无法替你体验：祷告是向外的（它指向神或彼岸），可以被代表；体验是向内的（它指向体验者自身的灵魂），只可亲身经历。

2.2.4 对彼岸的体验有可能是神秘的、超越了经验的范畴，但获取神秘体验的体验者依然在以世俗之人的身份进行其体验，因为他/她只可能存身于此岸。

2.2.5 体验者体验到的神秘性，那超出经验范畴的神秘性，依然构成了体验者日常经验的一部分；体验神秘性这件事本身，只能是体验者，这个存身于此岸的人，自己为自己认领的日常生活。这件事本身依然处于经验可以把握的范围之内。

2.3 世俗世界（亦即经验世界）唯有世俗语气（亦即经验语气）才能得到恰切地叙说。

2.3.1 在世俗世界（亦即经验世界）和世俗语气（亦即经验语气）间，存在着相互指认的关系。相互指认有点类似于“以身观身，以家观家，以乡观乡，以邦观邦，以天下观天下”（《老子》第五十四章）。

2.3.2 陈述、疑问、祈使、感叹等语气（tone），是普通语言学乐于承认或探讨的语气形式，它们存乎于所有不同形式的语种，是普世性的；普通语言学坚持认为，唯有它们，才是语气家族或语气研究中的合法者。

2.3.3 将陈述、疑问、祈使、感叹集合起来，可以被此处大而化之地统称为世俗语气（或经验语气），却又并非经验语气（或世俗语气）的全部家产：四种语气必须被包裹在不同的嗓音里，才能最终构成世俗语气（或经验语气）。也就是说：唯有被不同的嗓音传达出来的那四种语气，才是被此处命名的那种世俗语气（亦即世俗层面上[ secular]的语气[speaking voice]）。比如：他在欢快地陈述，我在悲伤地感叹，你在气愤地使用祈使语气驱使他做某事，他们在用期待的嗓声向你质疑……

2.3.4 定义不同嗓音的，不是物理—生理性的发声器官（比如喉头、声带等）；发声上的沙哑、洪亮、清脆、细声细气等物理-生理性的状况不在嗓音的范畴之内。

2.3.5 定义不同嗓音的，只能是心境。对语言性的人（而不是非符号化的动物）来说，心境本身就是语言事件，或者语言的稠密地带。在心境的定义下，会出现诸如哀悼的嗓音、喜悦的嗓音、愉快的嗓音、沉痛的嗓音、骄傲的嗓音、哀婉的嗓音等多种以至于无穷的嗓音形式（想想以“心”和竖“心”为偏旁部首的汉字之多，就不难理解这个论断）。从理论上讲，通过排列与组合，不同的嗓音和四种语气会有近乎无穷种搭配，用以叙说世俗世界上无穷种不同的经验性事件。

2.3.6 因此，在叙说或展现特定的事件时，叙说人总有机会选择某种最恰当的经验语气（或世俗语气）——婚礼上不会选择葬礼上的语气，葬礼上只会选择适于葬礼的嗓声。

2.3.7 世俗语气（或经验语气）诚然是新发明的术语，但它因为上述原因而必会免于空对空的窘境。它实有所指。

2.4 信徒对彼岸的体验固然是经验性的日常生活，存乎于世俗世界；彼岸（天堂、神）对彼岸自身来说，固然是客观存在，对人而言却是一个无从抵达的超验世界（transcendental world），亦即非经验性的世界、非世俗性的所在。

2.4.1 信徒对彼岸的体验这件事本身是世俗的、经验的，而被体验、被诉说的彼岸，却一定是个超验世界。信徒只能在超验世界之外体验、诉说超验世界；存乎于超验世界中的诉说者唯有神，比如，上帝说：“要有光……”

2.4.2 超验世界（或彼岸）唯有超验语气（或非经验语气）才能得到恰切地叙说和展现。

2.4.3 和经验世界遇到的情况性质相同，在彼岸（或超验世界）和超验语气间，也存在着相互指认的关系，也有点类似于“以身观身，以家观家，以乡观乡，以邦观邦，以天下观天下”。

2.4.4 上帝的嗓音是训诫性的（亦即训诫嗓音），信徒的嗓音是呼告性的（亦即呼告嗓音）。

2.4.4.1 训诫嗓音由上帝自己定义，因为上帝本身就是言（In the beginning was the Word, and the Word was with God, and the Word was God.）；训诫嗓音更倾向于同祈使语气结合在一起，由此构成上帝语气，用于创世和命令子民。

2.4.4.2 呼告嗓音由信徒对神的绝对信赖之心境所定义；呼告嗓音可以和普通语言学认可的四种语气相结合，由此构成信徒语气，用以向神陈述自己的罪孽，赞美神的至善至美和至真，偶尔向神发起质疑（比如尚未被救的约伯），更偶尔向神提出要求，如此等等。

2.4.4.3 因此，和经验语气的种类繁多以至于无限相比，超验语气的种类极少——这和神学的单一性（或曰纯正性）正相般配。

2.4.4.4 上帝语气是上帝发出的指令，其句式是：你必须（应该）……这种语气浩渺、悠远，并且唯其悠远、浩渺，方可称作神圣。它是隐匿不见者特有的语气（想想西奈山上上帝在怎样对摩西说话）。

2.4.4.5 信徒语气是信徒或间接面对上帝（比如天主教）或直接面对上帝（比如新教或犹太教）时发出的呼声，其句式是：求您拯救我/您饶恕我……感谢（赞美）您对我的拯救/饶恕我的罪行……信徒语气被包裹在信徒虔敬的心境导致的心悦臣服的嗓音里。这种嗓音是信徒对超验世界尤其是寄居其间的神圣者发出的呼声，因其直接对应于上帝的嗓音而自带超验特征。

2.4.5 神性世界（或天堂、彼岸）可以被理解为超验世界的一部分，尽管它很可能是其中最重要的部分。

2.4.6 尽管超验语气也是新发明的概念，却因为有从来就不空对空的世俗语气相呼应、相对称，它也就不可能是空对空的。它实有所指。

## 3. 古代汉语（味觉化汉语）向现代汉语（视觉化汉语）的转渡，也部分性地意味着语气的变迁。

3.1 像希伯来的造物主以言创世（Creation by words）那般，在古典汉语思想中，也有仅属于汉语思想的充满理想化的创世—成物论：至诚君子伙同古代汉语以“成己”（亦即成为自己）为前提，去成就天下万物（亦即“成物”），正所谓“诚者，非自成己而已矣，所以成物也”（《礼记·中庸》）。

3.1.1 古代汉语以味觉为中心，组建自身之大厦；或者，古代汉语是一种味觉中心主义的语言。

3.1.2 某种特定的语言和某种特定的认识论彼此相互造就。零距离的品“尝”物——（或曰“感”物、“体”物）——是中国古人认识万物的方式，有所谓“一身皆感焉”（来知德：《周易集注·象》）；这种认识方式得到了古代汉语的大力支持。

3.1.3 味觉化汉语自带的伦理是“诚”，所谓“修辞立其诚”（《乾卦·文言》）；所谓“诚者，物之终始，不诚无物”（《礼记·中庸》）。

3.2 有能力成就万物（“成物”）的君子一定是成人，绝非童稚。

3.2.1 这种性质的成人的嗓音注定不会是清脆的，它更有可能因饱经世事而自带沧桑感（这可以解释为何味觉化汉语没有童年，甫一出场，就音色苍老）。因为成物之难，沧桑嗓音有可能更倾向于支持如下句式：呜呼！人生实难（《左传·成公二年》），大道多歧（《列子·说符》）……

3.2.2 因为物由己出，所以，至诚之人在面对天下万物时，其嗓音就不可能是愤恨的，它更有可能因其成就万物而对万物充满悲悯感、怜爱感（这可以解释味觉化汉语为何推崇爱人惜物，正所谓“仁者，爱人”（《孟子·离娄下》）；也所谓“春三月，山林不登斧斤，以成草木之长；夏三月，川泽不入网罟，以成鱼鳖之长”（《逸周书·大聚解》）。悲悯嗓音更有可能支持这样的句式：噫吁嚱，万物尽难陪（朱庆馀：《早梅》）……

3.2.3 以上两种句式，尽皆出源于古代汉语随身自带的伦理（亦即“诚”），因此，两种句式都是正面的、积极的、肯定性的；即使古代汉语里出现了消极的、负面的、仇恨性的表述，也得从以上两种句式出发，才能得到更加准确的理解。

3.2.4 沧桑嗓音和悲悯嗓音深深地意味着感叹；感叹是古代汉语的精神基底，是古代汉语之魂。

3.3 沧桑嗓音和悲悯嗓音尽皆出源于味觉化汉语（古代汉语）之内部（而非人之心境）。

3.3.1 这两种嗓音乃古代汉语的本性，可以称之为一级嗓音，它们不因外部环境的改变而改变。

3.3.2 由心境定义的嗓音会随时移世易而变动，具有偶然性，可以称之为二级嗓音。

3.3.3 二级嗓音被一级嗓音所统辖。

3.3.4 在古代汉语中，有音响方面的分层效应，它表现的形式如下：一级嗓音、二级嗓音、被普通语言学定义的四种语气。它们相互间的关系是：上一级统摄下一级。

3.3.5 最终，世俗语气（或曰经验语气）在理论上呈现出来的样态不然是：它有无穷种沧桑着和悲悯着的语气，可以被选择性地用于叙说和展现经验世界上的各种事件。比如：他在用沧桑嗓音（或悲悯嗓音）欢快地陈述某事件，我在用沧桑嗓音（或悲悯嗓音）悲伤地感叹某种境况，你在悲哀中以沧桑嗓音（或悲悯嗓音）驱使祈使语气驱使他做某事（亦即以言行事：Doing things with words），他们在用沧桑嗓音（或悲悯嗓音）在期待中向你质疑，如此等等，不一而足。

## 3.4 一级嗓音（亦即沧桑嗓音和悲悯嗓音）因其骨子里的感叹意味，让味觉化汉语在世俗语气的层面须得以感叹为核心。

3.4.1 这不仅是指所有的二级嗓音都将感叹纳于自身，更是指普通语言学乐于谈论的四种语气也被感叹化了。

3.4.2 感叹出源于古代汉语之内部；或者：是古代汉语自己给自己做出的本质规定性。

3.4.3 此感叹（它归属一级嗓音）不同于彼感叹（它归属最初级层面上的语气，和陈述、疑问、祈使彼此相平行）；不敢说前者为古代汉语所独有，但后者肯定为一切语种所共有。

## 3.5 古代汉语经过白话文运动一跃而为现代汉语。

3.5.1 和古代汉语相比，现代汉语一个重要的改变是：获得了表达超验世界的能力。《圣经》和合本对此居功至伟：上帝语气和信徒语气（亦即超验语气）经由它入住现代汉语，极大地拓展了汉语的表现力。

3.5.2 和古代汉语相比，现代汉语另一个重要的改变是：获得了超强的分析性能。

3.5.3 现代汉语的现代性在第一个改变那里体现为：不但在听（亦即有所听），还听见自己正在听（亦即听一听），而不仅仅是古典性的有所听。

3.5.4 现代汉语的现代性在第二个改变那里体现为：不但在看（亦即有所看），还看见自己正在看（亦即看一看），而不仅仅是古典性的有所看。

3.5.5 对现代汉语来说，更关键、更值得申说的是第二种改变。有关第一种改变带来的其他情况本文从略。

## 3.6 现代汉语是高度视觉化的新媒介。

3.6.1 现代汉语效法逻各斯，以视觉为中心组建自己的大厦[海德格尔坚持认为，逻各斯（Logos）在希腊语里相当于“说话”或“语言”；英文本《圣经·约翰福音》中的the Word一词，便由希腊语中的Logos一词翻译而来]；

或者：现代汉语是一种视觉中心主义的语言。

3.6.2 现代汉语以真为自身伦理，也以真而非诚为基底去成就万物（比如制造计算机、手枪、玻璃、尿不湿、原子弹、机器人、坦克，等等），却不再是成就天下。这种语言不再“赞天地之化育”，也不再“与天地参矣”（《礼记·中庸》）。

3.6.3 因为求真，现代汉语既为汉语世界之子民制造了舒适（比如用原子能发电，此为A），也为其子民制造了潜在的威胁（比如原子能可以引爆世界，此为-A），这和它效法的对象——逻各斯——导致的结局相等同。

3.6.4 由此，现代汉语制造了普遍的反讽（irony）。所谓反讽，就是原本是在奔向自己的目的地，却同时到达了自身的目的地的反面或背面，亦即A与-A同时共存、同时成真。

3.6.5 反讽必然要具体化为反讽时代和反讽主体。反讽主体寄身于反讽时代，反讽时代则是世俗世界在时间形式上的特殊造型。

3.6.6 唯有反讽嗓音适于叙说世俗性的反讽时代。

3.6.7 和沧桑嗓音和悲悯嗓音出源于古典汉语之内部性质完全相同，反讽嗓音出源于现代汉语（亦即高度视觉化的汉语）之内部（而非出自心境），因此，它也是一级嗓音。

3.6.8 所谓反讽嗓音，就是凡能达到言在此而意在彼之效果的所有声音性存在物；或者：反讽嗓音可以是任何声音性存在物，却独独不可能是沧桑嗓音和悲悯嗓音。诚然，在现代汉语里，依旧存在着沧桑嗓音和悲悯嗓音，但那仅仅是因为现代汉语依旧还是汉语，诚的部分不可能被消除殆尽所致。

3.6.9 反讽嗓音可以驱使反讽时代中的各种二级嗓音，以至于通过如此这般对二级嗓音的征用，紧接着能驱使普通语言学界定的四种语气，用以选择性地诉说反讽时代无穷种反讽事件。

3.6.10 反讽嗓音因为致力于揭示反讽时代之真相（亦即A与-A同时共存、同时成真），而排斥感叹——它来不及感叹；现代汉语的语气以反讽语气为中心，感叹则被挤到了极为边缘的位置（但也不可能由此消失殆尽）。

## 4. 感叹和反讽如何协调？味觉化汉语和视觉化汉语如何搭配？这是眼前的事，也是未来的事。

2019.10.21 北京魏公村

# 在变异中创生：新诗写作的当代性特征

森子

当代性在两个维度上展开，一个是时间线索，另一个是空间范畴，新诗也只有在这个时空体中才呈现出它的当代性面目。在时间体系中，新诗有近百年的写作史，在断裂与危机中不断创生与前行，或许正是因为有了危机意识，新诗才有了今天的成就，新诗早期写作者对新诗前途的担忧，在今天看来虽然已经不能成为主要话题，但我们有理由向这种忧患意识致敬。不可否认，或者说我们愿意承认新诗写作还有诸多问题尚待解决，期待一代代诗人去实践，去探求，也许正是因为未完成——这一开放的领域，我们才有更多的写作空间和创新的可能性。更重要的是，我们写作的意义，我们写作的特质——当代性，当下存在的未来指向，区别于五四时期的诗人、40年代的诗人、朦胧诗人，这是自20世纪80年代末以来，新诗当代写作的意义所在。在时间的残酷性上，断代是伤口，是在伤口上冒险，也是一份特殊的礼物，在与现代性的重叠、交错中，当代性是时间赋予我们确立“我的时代”并唱出“自我之歌”的礼物。

时间性的礼物是多样的，甚至是悖论的，但当代性是优先的，“不是历史优先于当代，不是未来高出于当代，恰恰相反，当代使历史成为真理，当代使未来成为现实”。[①]让怀旧成为追求真理的鞭子驱赶我们向前，让未来成为我们的写作现实。“只有当代性才具有能动的知识描述，一切知识的描述都需要通过当代性得到重新描述，得到重新评估。”[②]这样，我们才有机会、有可能在原创性的基础上发现、创新前辈诗人，而不是亦步亦趋的尾随；如此，我们才有可能把想象作为一种现实，获得未来的青睐和赞许。这样，在现实世界对诗歌的“压扁”过程中，我们感受到的就不仅仅是个人生活的被压扁，而是获得一种宇宙意义上的圆满——就像银河系精美又浩瀚的托盘。在被所谓生活“压扁”的同时，我们获得了诗歌的体操——旋转，从线性运动转换到螺旋上升的精神运动。更进一步说，是诗歌的想象力在创作生活，与诗歌创新的生活相比，社会生活是较低级的生存方式，虽然诗人能够在较低级的生活中以他的笔化腐朽为神奇，但诗人的使命是创造更美好、更高级的生活。这至少是理想的一张支票，但诗人愿意为此而行动，创造一种新的诗歌文化。虽然当下的诗歌文化如此不尽如人意，但把这不满意当作一种动力，强过无所谓的态度。

当代性首先是行动性，就写作行为来说，它是在进行中展开的，这与那些已经中止的写作者自然不同。当然，已经中止的写作者，他们的作品有可能影响、参与我们的当代性写作，但他们不是创造的主体，主体是我，我在写，我在创造，离开了我这个主体，一切都不复存在。这即是说，当我说出我，我就具有当代性、当下性以及对未来开放性的指向。已经中止写作中的我不是能动的我，需要被激活，需要被当代性所激活、重新阐释，使其历史意识激进化，这个我才会获得共存的生命意义。虽然有人说，这不是个诗意的时代，但确定当代性就必须确认：这是我的时代、我们的时代，要接受时代的限制，即使反抗当代性也是感受到了这一限制，而没有时代限制所激发的任何超越都无从谈起。也正是时代的限制提供了当代性诗歌写作的一些特征，如从意识形态对抗转向个人书写的创造力，1990年代市场、物质对诗歌写作丰富性的影响，21世纪以来多元写作的状况，经济高速发展、信仰失衡、不平等、对权力和财富的崇拜、道德情操的腐化所造成的各种现象，等等，都可能内化、刺激诗人的新诗写作，生存环境、政治环境、文化环境的改变，是刺激当代诗人形成不同于以往诗人写作特征的要素之一。即使你在写风花雪月，也与古人的心境不同，连空气质量都不一样。另外，新的经验、新语词的涉入也会改变你的写作风格，新的题材、新的问题也会对你的写作野心提出挑战。吃下如此多带毒素的食品，你也会以毒辣、刁钻的洞察力审视、辨析我们的时代生活。当然，也不要忘记诗歌是心灵的解毒剂，这也是当代性诗歌写作应该负起的责任，诗歌更是净化人们看不见的政治的、经济的、文化毒素的灵丹妙药，虽然有些人不相信，但诗人必须为之而努力工作。更主要的是，当代诗歌如何在外部环境如此糟糕的状况下，提供生活的勇气和信心，而不仅仅是怨妇式的抱怨和以毒攻毒、自戕式的写作行为。这也是当代性塞给我们的命题，或者说是生存带来的问题，因为当代性也会受困于当代性，如现代性的宏大叙事曾经支配过的不久前的写作意识，我们还不是从个人幻灭中清醒过来的吗？随时间而来的当代性是有局限的、短暂的、易逝的当代性，它确认我们当代写作的特点，另一方面它也会擦去这些特点，在延续变异中滋生出新的特征。因此当代性也不是恒定的，它是流变不居的，只有在写作行动中，我们才有可能捕捉到它的一些甚至有些模糊的时代特征。当代性的统合能力也是超强的，多元性、差异性也是其特点，当代性的写作并非一定囿于当下的题材、人和事物，你写过去时代题材的作品同样具有当代性，那是当代意识对历史语码的破译与重新书写。那种认为只有写当下的事物才有意义的看法，是片面的认识，它低估了当代性对超时空想象能力的可能性的诉求。

那么，变——也是当代性写作的主要特征之一，罗兰·巴特说，对语言的改变是文学的自由力量。用庞德的语调来说就是，不变不行。但很多诗人、评论家认为变不是目的，这里，我要说这根本就不是一个问题，不是一个层次的问题，也不是一个出发点的问题。他们或许认为有一种东西高于诗歌，诗歌要为某某服务，对不起，没有比诗歌自身要求变化更高的要求。不变，对于诗人和艺术来说就是死！岂止是我们需要变化，杜甫也要有“晚节渐于诗律细”和“老去诗篇浑漫与”之间看似矛盾、实则通透的变通。变即凤凰涅槃，不断更生，诗歌才可能源远流长。变，也会带来拗口，这也是新诗当代性写作的一个征候，全然是优美的、舒服的、易被接受的，不见得是好的当代诗，当代诗就是要让人有一些不舒服，或者说有不合时宜之处，太舒服了会产生写作和阅读上的惰性。拗口是新尝试的表征，它可能会带有技艺的痕迹，就像绘画的笔触一样，有人欣赏，有人拒绝。拗口也是一种冒险，是不安全性的写作，是当代性特征有待于完成的、在艺术上的努力和代价，不能“为了‘安全’而牺牲自由”（托尼·朱特）。全然是顺口的舒服的诗作是后退的写作，自然缺乏冒险的当代性。如此，我们也应该看到当代性的危险，在获得之前，先失去什么。阿甘本说：“真正属于其时代的人，是那些既不完美地与时代契合，也不调整自己以适应时代要求的人。”这样，他才能够“既附着于时代，同时又与时代保持距离……把自己的凝视紧紧保持在时代之上”。[③] 因此，不合时宜是诗人、思想家在其时代生活、写作与思考的变数，这变数使他看起来不像是一个同时代的人，而是一个尼采式的狂人或社会学意义上的怪人。

变的姊妹是新——出新。无须过多做诗学上的解释，不出新，不感受新奇、新颖，孔夫子都不答应，这样的生活有必要继续下去吗？虽然有“太阳底下没有新鲜事物”之说，可是越是重复无聊的生活就越让人充满对新的一天的期待。“日日新”仍然是或必须是写作的信念，这信念也许在佐证“太阳底下没有新鲜事物”冗长状况的非常正确，并使其转型，非常态化，至少不服从行动的重复性的桎梏。即使你重复昨日的劳动、思考、写作，但你仍然认为这是非同凡响的，不一样的，因为“新”必须在“旧体制、体裁、形式”中诞生，否则重复（哪怕是音乐性的）也会失去意义。“日日新”就是要生发出一种新的目光看世界，在期待之中进入写作。“日日新”欲克服的即是惯性，为惯性安上刹车装置，就像为流水设置蹦极的瀑布。断绝，也是新的冲动的体现，姿态自然也不会一样。姿态不一样，写作的面貌才能不一样，因为谁都知道冗长是难免的，命定的，反抗这一命定的渊薮，就是要不断地出新。当然这也不等于是对新的角逐，而是把创新作为写作的内在驱动力。

无新意的诗自然不值得一读。如果不出新，写诗的奇迹感从何而领会？新也使你区别于你的前辈诗人和同辈诗人，从出新这一路走下去就是独特（就风格来说可能比新重要，就世界观来说比新略低），就像当代性要区别于现代、后现代，无差异的写作那是写作班子所干的事。诗人强调自我的独特、唯一并不是自大，而是对自我的认知应该像对宇宙的认知一样神秘而丰富。当代性的变异即是出新，新颖不同以往（但不抛弃以往，并怀有过去），当代性鼓励新诗成为未来的现实，以想象力的达成为目的。而当代性要求的独特，即要求你的作品具有文学史的价值，就是要求你具有超越当代性的价值，这是令人激动的，也是极高的写作要求。

另外，我们也应当看到，当代性不停地在取消先前的当代特性，也就是说，你仅仅具备当下的当代性远远不够。那后援来自哪里呢？来自时空并置、生命共存的魔力场，就写作来说是指我们与往昔那些不朽的文学作品的关系，艾略特说：“现存的各种不朽作品形成了自身的一种理想秩序，这种秩序又因为在它们之中引进了新的（真正新的）艺术作品而被修改。”[4]新诗加入了对这一理想秩序的修改，虽然这一修改行为以断裂、对抗为出发点。这一理想秩序超越历史和时间，与我们共时共存，使其自身更具有当代性。

五四以来的新诗主要受西方文学和诗学观念的影响，在行动上切断与中国古典诗歌的联系，那是一场激进的新文化运动。就其结果来说，这一伟大运动影响深远却不令人满意。新诗从诗体上看，是中国诗歌体例演化的自然结果，但这次却与以往不同，它不单是诗体之变，更是超出诗体演变范畴的一次革命，付出的代价不可谓不大。然而，不管自信还是不自信，我们毕竟操持的是汉语，即使是断裂过的汉语，她还是我们的母亲，而且我们有天然的义务让我们的母语优雅、漂亮、精神焕发。在汉语写作类型中，诗人应负的责任最大，要求也更高。这里强调母语的重要性，即强调诗歌的本土性，它蕴含在当代性之中，我的时代、我的生活自然以在中国的生活经验为主。当然也不局限于这一经验的地域性，更主要的是汉语在这个全球化时代的经验。你若不在中国生活，但依然用汉语写作，你可以通过世界性获得当代性，这是另一条途径。从历史的视角上看，新诗的发生是中国历史演化、文学自身发展和西方文明碰撞的一个结果，也许有人会说新诗是混血儿，这也没什么，它由此而获得了世界性。这也使得我们谈论新诗的当代性时有了世界性的视野，应当说新诗自降生以来一直就有世界性的视野，而不仅仅局限于中国固有的诗歌标准，这是现当代汉语诗歌与魏晋南北朝诗歌、唐诗宋词的不同之处。如今，回过头来，清点我们那个封闭的有局限的宝库，我们已经不再像五四时期的诗人那么激进，可以静下心，用混血的腔调翻译先辈的作品，这是有原创性的“翻译”，也是以当代人的眼光来重新描述、重新认识先辈的作品。这样，古诗以生命共存的方式参与到当代写作之中，古典诗歌也在理想的秩序中被当代诗歌作品修改，并接受当代性的挑剔和识别。如此，历史语境与世界性一起在当代性中发挥作用，当代性在变异中不断确立、不断被改写，当代诗歌就此而获得了创造性的活力，并以此区分我们这一代诗人与前辈诗人的不同——在确认我的时代、我们的时代的前提下。

2012.6.8 平顶山

---

①引自《西方文论关键词：当代性》，廖昌胤著，《外国文学》2012第3期。

②同上。

③引自阿甘本《何为同时代？》。

④转引自《T. S. 艾略特散文选》，F.克莫德编，38页，1975年。

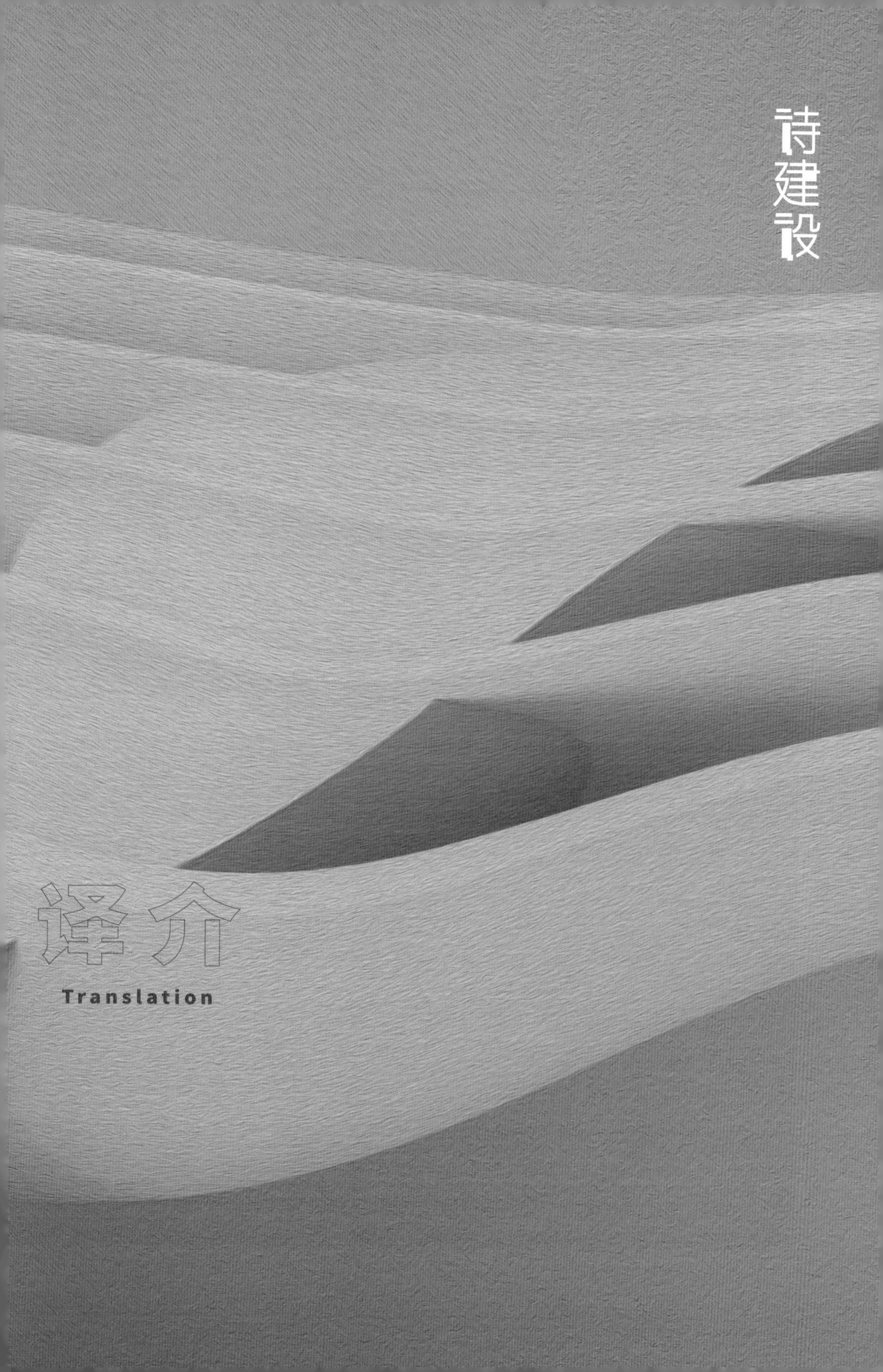

# 译介

## Translation

# 美英新锐诗人新作小辑

远洋　译

## 特蕾茜·K.史密斯

黑人女诗人特蕾茜·K.史密斯（Tracy K. Smith）出生于1972年。从1997年到1999年一直在斯坦福大学做斯特格纳诗歌艺术研究。目前在普林斯顿大学任创造性写作教授，并在哥伦比亚大学、纽约城市大学、美国匹兹堡大学教授同样课程。居住在布鲁克林。

首部诗集《身体的问题》（2003）赢得2002年度“小心恶犬诗歌奖”；2005年，史密斯被授予2004年度“罗纳·谢斐作家奖”和“鳕鱼奖”；诗集《魔力》（2007）荣获2006年度美国诗人学会“詹姆斯·劳克林奖”和“精华文学奖”；诗集《火星生活》2011年出版后好评如潮，被评为“纽约时报名著”。2012年史密斯凭借《火星生活》赢得美国普利策诗歌奖。2017年当选美国桂冠诗人。最新诗集《涉水》入选2018年度艾略特诗歌奖短名单，以下诗歌译自该诗集。

·译者·

# 2012年普利策诗歌奖获得者

## 美国桂冠诗人特蕾茜·K．史密斯诗选

### 伊甸园

就在那一瞬间，我感到
多么深切的渴望，
因为伊甸园
就在蒙塔古街上，
我很少在那里购物，
通常只是在治疗后，
肘弯疼痛
由于手提篮装得
满当当。那些鲜亮的糕点！
石榴，柿子，柑橘！
一次，一袋黑欧鳇似的扁豆
在我身后撒成一条小路
当我费劲地去找一种茶时
它们拒绝被装载。
那是在布鲁克林。我三十岁。
我认识的每个人都活得
同样荒凉的奢侈，
各自为同样的事情觉得羞耻：
纯真和隐秘。我会用力

把纸袋拖回家，做
银行收支的数学，数日子。
我会眯着眼睛看它，或闭上眼睛
让它砰地撞击我的脸——
那已知的日落
在破晓的世纪。

## 天使们

有一次，在我的汽车旅馆房间
两个天使把自己挂在椅子上。浅灰色，
穿着皮革，一身赛车手打扮。使者们
是我需要看见的东西。

我被可怕的恐慌拖垮了。
一种内脏里的扭拧，绞痛。
我睡觉时他们坐在桌旁。
我能感觉到他们，还有

一副纸牌在他们之间。
想到他们怎样嗅闻，浮现
在脑海的是朗姆酒和汽油。
而他们说话时，虽然我无法说，

不敢看，但我瞥见一个天使的牙齿
几乎被碾磨成碎块。
这让我希望某个可能是
彻头彻尾的暴徒，年轻，狡诈，粗鄙，

他弹跳、翻滚，带着可怕的优雅，

他的声音使得虚弱的灵魂颤抖。
——那么，颤抖吧，傻瓜们，消失吧！
——你想象我们服从哪个上帝？

想到我们必须使他们付出的辛苦，
一个天使完美地攀登到永恒。
然后他们仍然降临，告诉我们
穿过沧桑不必恐惧。

因为对我来说，就这两个天使
只见过一次，以后再也没见过，可是
有——有吗？——
目击，闪现，暗示：

一棵骄傲的树在强烈阳光里，树枝
摇摆于疾风中。雨
把它自己猛掷在屋顶上。岩石，
被误以为是为死者堆的土堆，

蹲伏的狮子。一条锈迹斑斑的管子
在一座房屋曾经坐落的地方，每次
经过时我拿它吓唬猫头鹰。
明亮的螺纹那么危险而且就近。

我妈妈坐着跟它低声说话
在她生命的最后时刻
当我们家所有房间
装满黑夜。

# 丘陵地带

他从丘陵下来，从
峻峭的岩石、灌木丛、骨瘦如柴的
活橡树和干瘪的桧柏下来。从
云的腹部和鹰的腹部下来，
从追踪尸体的长腿兀鹰，从
那晴朗的、阳光噼啪作响的
用裹尸布包裹他的静寂里。从
小屋外木板风化的床
在他与他的问题独处的地方。
上帝沿着那条道路降临，随着车窗
那么展现着细枝和悬垂的藤蔓
拍打和刮擦吉普车里的他。
越过那头困在猪陷阱里的雄鹿
——它踢腿，喘息，被它自己的死神，
那位上帝的喷气弄得流血，盲目——
感谢上帝——避开。他减速，
穿过河中浅流——那唯一的河
去年五月恰好把峡谷边缘擦洗得
露出岩石。出去。沿着石灰岩
河岸走。蓖麻子。仙人掌。昨夜
土狼的排泄物。在山顶下方，
他瞥见影子：树支持树。
黑暗深处眼光滑过，也懒得
辨认它隐藏了什么。一对蜻蜓
在飞行中交配。星星点点的小花把狂乱的色彩
抛掷到他的脚上。如果他作出尝试——如果他适当
保持理智，并希望它——他几乎可以相信
比他大的某物重新安排
空气。他眯着眼睛，看灿烂阳光下

刺目的吉普。凝视了一会儿
高高的树枝投在地上的叶子
图案。然后上帝爬回驾驶室，
回到每个地方。

## 一个男人的世界

他必将在你孤零零时把它取出来
并让它晃荡在你们之间，像项链上的挂盒。
像任何世界，它将闪烁光芒，那意味着寓所，
交通，需要的星座。微云将拖曳阴影
穿过飞机。他将露齿而笑，注视你眯着眼看，辨认着
河流、边界，从岩石里拱起的桥梁。他将背诵
它的历史。一个帝国怎样吞下另一个。一种文明
怎样持续3000年没有永恒这个词。
他将引导你的手穿过大气层，
教你干预气候。反复地轻轻
摇晃它，他将发誓以前他从来没有
把它给别人看。

## 墨镜王国

还有一个这里，但这不是我们曾经不断地
背对看不见的事物的地方，只是用我们的
眼睛说话、继续工作的地方。我们的工作
是什么？我们的门不会锁。我们控制它们，
给窗户挂上那天黑后播撒我们的秘密的被
单。全副武装的人像贼爬过他们自己的房
屋。我们觉得如何？像一只被困在笼中的

金丝雀。或渴望尝尝鸟儿滋味的猫，日复一日猛烈拍打着横挡，尽管小铰链门从来不给打开？无人隐藏。无人像一条狗跑过大街。月亮追溯它缓慢的弧穿过天空，从那没有任何东西停泊的云里飘进飘出。

## 幸福的

我注视他摆过十字路口，
蹲着的双腿在黑色长运动裤里弓曲。

我注视他微笑，不对人，对我们的停下
好让他慢慢过去的交通。

他的双臂搅动空气。他滑稽地推撞
载他无处能去。但好像他听见

我们怠速的引擎里的声音，召唤他
轻盈，迅捷，创造的王子。每片最小的叶子

在阳光中颤抖，当我们坐着，烦恼，
迟到，受制于这件事情指挥时

等等这个人。等等他。

**维贾伊·瑟哈德里**

维贾伊·瑟哈德里1954年出生于印度班加罗尔，5岁来到美国。他的父亲在俄亥俄州立大学教化学，他在俄亥俄州哥伦布市长大。他曾在太平洋西北地区度过了5年的捕鱼和伐木生活，在纽约哥伦比亚大学攻读中东语言和文学博士学位。现任教于莎拉劳伦斯学院，教授诗歌和散文写作，住在布鲁克林。

他先后出版诗集：《野生动物王国》（1996）、《长草甸》（Graywolf 出版社，2004）、《三部分》（Graywolf 出版社，2013）。《长草甸》荣获美国诗人学院颁发的“詹姆斯·劳克林奖”，《三部分》赢得了2014年“普利策诗歌奖”，他也是第一个获得该奖的亚裔诗人。

他是一个深具独创性的诗人，风格奇特，思致深邃，冷峻而细密，以个体直觉经验探索生死轮回的奥秘，鲜活的生活场景嵌入虚幻幽冥的鬼神世界，诡异如梦，令人神思飘然，灵魂出窍，仿佛遨游于宇宙黑洞之中。在似乎不动声色的客观描述之下，潜藏着诙谐、幽默和智慧。

·译者·

# 2014年“普利策诗歌奖”获得者

## 印度裔美国诗人维贾伊·瑟哈德里诗选

### 地　狱

你已变得跟但丁一样疯狂，去写下那些，
恶魔的憎恨。
射击它们。在它们居住的地方射击它们，
然后脱身而去。

或留下，重组
破旧的社会装置
去提取两百次验证
恐惧和折磨的

万应灵药……出自
什么的什么？还有我不是保证过吗，
受到自身插管的威胁时，
不去想象这条

黑色走廊，煤焦油般，
变得狭窄，而且在里边
面对令人震惊的幽闭恐惧症袭击
在朝粪便冻结的湖

敞开之前
就已辨认出那里的阴森人物
转身，回家。
只是为了看着它要变成它。

## 炼狱，电影

他长期失业，我们不知道为何。
她是第二个出生的
被隔离的双胞胎。他们相遇了，
勾搭上了，搬进去跟她妈一起过，
她妈打理天际线公路边一家汽车旅馆。
但始终是另类，
那先生的、糟糕的孪生兄弟，逃犯，
他在阴暗角落想象
“空白”签名
或是透过窗户注视
下面的滴水檐
当他们做爱或睡觉时。

身体放松了，休息，
心灵放松在它的窝里，
所以它是和不是的自我
它自我起身并离开
以瞥一眼地平线那边，在那里它看见
心灵念力的所有可能中
分解为条理分明的小说。
她勇敢、怜爱、慈祥。
她邪恶。她疯狂。

她是一个以性做交易的瘾君子，
一个董事长，一个女飞行员。
在瞎的和瘸的、
佝偻的、有失体面的面前
她是一个天使。
而她实际上是一个失败者。
为大获成功她去洛杉矶，
然后受伤而惭愧地爬回家。

## 炼狱，续集

他们把他投进监狱，我们不知道为何。
他们给他盖上“延期”的印戳。
但他不在意。
他得空去练健美，

有心理空间去悔罪，
而当他不在制造车牌时，
他有空
去回忆美人
不是一次而是一千次

永远逃离他，也逃离我：
一片迷雾的鬼魂飘浮着
飘过群星的脸，
木星跟新月和火星
组成三角形，
一滴露水中异彩纷呈的碎裂……

## 天　堂

山上有旱情。
野火烧光了丘陵。
因此这哺乳动物沿着干涸的小溪爬行
寻找泉水，

它找到哪一股，信不信，
这类的寻找。一股银白的涓涓细流
从一条地下河冒出
使几块火热的岩石

冒水汽，鹅卵石嘶嘶作响。
这哺乳动物马上要喝，
但它必须首先
停下并思索
其自省的、无可挑剔的想法：
这想法归根结底是——
神秘，热望，干渴。

## 野蛮人的生活

我对他作为一个独特的人一直兴奋不已。
我已见过他作为一个人，挣脱出他自己的影子。
的确，这是非凡的。
的确，要注意到我的朋友野蛮人——
希望的毁灭不仅延迟
并且因行不通而变得残忍
有点败坏他和善的性情。
这样一个人，因亲子关系处于这样的环境——

母亲由于沮丧而废了；父亲由于劣质酒和止疼药——
至于他的预期落空，并随着过早的霜冻使那些理当活跃的
野心的萌芽
因明显的权力、仁慈和偏爱而变黑，
然而应该显示出
区别，不亚于那些我们认为明智的人，
明智的同情，无可指责，
是奇迹的根源，这奇迹既非玩世不恭
所能损害，也不是怀疑所能颠覆。
进出少管所，十五岁偷车，
吸食阿德拉[1]，他的鼻孔都染蓝了，
被踢出去，被抓回，被踢出去，
被抓，被假释，又被抓，
费劲地去够落进铁栅栏里的闪亮物体，
撩逗人的，他的手指刚好触及不到，
找到又失去上帝，
当他在转租的小屋外
耙菩提树叶时
思索着吃、睡、死就是一切，
没别的东西，兴许几个日落，
忘掉与性有关的事。

① 一种治疗注意力缺失、多动症的药，令人亢奋且注意力集中，欧美学生常考前服用，滥用对人体有害。

## 亮闪闪的铜壶

死去的朋友们回到人世，死去的亲人，
讲着他们头脑里保留的、活着和死后的语言，
他们的五种感觉完好无损，他们的脚印宛如蝴蝶的脚印，

仁慈从他们领悟的脸上发出光辉——
这是我喜爱的事物之一。
我非常喜爱它以至于一直睡眠。
白天月亮夜晚太阳发现我在梦中
它们出现的地方深深地消散。
在秋麒麟草的原野上，在五座金字塔的城里，
以溶化的面孔在皇后跟前，
在高耸的悬铃木下面，他们正好露面。
“没关系，”他们似乎说，“永远如此。”
他们羞怯而谦恭。
（谁知道死者这样谦恭？）
他们不想惊吓我；他们的头不像风向标一样转。
他们不想窃取我的身体
并占有土地，发泄报复。
他们是死者，你明白，他们不存在。而且，此外，
为什么他们会在乎？他们是亚原子水平的。想想看，
其中一人羞怯地给我一支铅笔。
眼睑下的眼睛投射越来越快。
透过对讲机，在那么久没有音乐的屋里，
大师艾尔·格林[①]在歌唱，
“我永远看不见明天，
从来没人告诉我悲伤。”

---

①美国灵魂音乐史上还活着的最伟大人物之一。

## 热带制造

鲍比·卡丘[①]（“充满根子和文化”）
和兰金·乔[②]（“人让你撒尿
踮起你的脚尖”）在黄昏

减挡，猛的咔嚓一声拉断
他们的头盔，关闭引擎，停放
一千立方厘米
精密的钢制日本艺术。
他们的乐队驱车赶到
在皮毛装饰的大篷车里，卸下和打开
一百瓦特的扬声器、一千瓦特放大器、
麦克风及其支架，
吉他、钹、铁罐，
摆在布朗克斯植物园旁边
岗希尔路蓝屋草坪上。
太阳越过泽西
踢踏，落进
下一个现成插槽，
而且，像黑色洗涤剂
从大水罐倒出，夜晚充满
有形的空虚，在安居区里
草坪变得凉爽，
灼热的湖泊
围绕着人工岛收缩，
花园呼吸更舒适些
在今天难以忍受的
夏日的退烧中。
他们说热带
在北上，
冰盖融化着
从现在指向太阳的
两极
而一极正在偏离。
但他们说的这里几乎听不见，
在那里凉爽的砖房

引擎红的爱德华七世[③]时代的
车厢式公寓空荡荡
它们的房客，三三两两
聚在一起，从站台
飘落，
并聚集在蓝屋草坪
庆祝
牙买加独立日。
低音线突然爆发。
从滨海萨凡纳到岗希尔路
雷鬼舞[④]浪涛盘旋
到高潮，波动
并闪耀它的太阳翼
沿着颠倒运动的四肢
就像一条锁链穿过每一只手腕，
就像一条锁链系住一个个屁股。
太阳转它自己的，因为地球倾斜。

---

①鲍比·卡丘（Bobby Culture），1982年鲍比在纪录片《深根音乐》中饰演杰克·鲁比的声音，是雷鬼舞历史上最恶作剧的词作者。1994年3月在抢劫中被射杀。

②兰金·乔（1959—　），雷鬼歌手，20世纪70年代开始闻名于世。

③爱德华七世（Edward VII，1841年11月9日—1910年5月6日），英国国王（1901—1910）。

④又称瑞格舞，发源于牙买加的一种不修边幅的舞蹈形式，融合了传统非洲节奏、美国的节奏蓝调及原始牙买加民俗音乐，这种风格包含了弱拍中音节省略、向上拍击的吉他弹奏，以及人声合唱。歌词多以拉斯特法里(牙买加黑人教派)的宗教传统为主，强调社会、政治及人文的关怀。

## 丝妮德·莫莉赛

丝妮德·莫莉赛（Sinead Morrissey，1972—　），英国北爱尔兰女诗人。生于北爱尔兰阿马郡波塔当市。她是那种早慧型的诗人，1990年18岁时，获得爱尔兰最重要的诗歌奖——帕特里克卡瓦纳诗歌奖。此后一直被认为是英国深具潜力的一位女诗人。至今，她已出版《温哥华之火》（*There Was Fire in Vancouver*，1996）、《在这里和那里之间》（*Between Here and There*，2001）、《监狱的国家》（*The State of the Prisons*，2005）、《透过方窗》（*Through the Square Window*，2009）等诗集。

2014年1月，凭借第五部诗集《视差》（*Parallax*）获得T.S.艾略特诗歌奖，是首位获此殊荣的北爱尔兰诗人。评审团主席伊恩·杜赫格评论说："这部诗集融合了政治、历史和个人雄心，语言表达优美，她的书如其标题暗示的一样，是多角度的。"

·译者·

# 2013年度艾略特诗歌奖获得者

## 丝妮德·莫莉赛诗选

### 透过方窗

在我的梦里死者已经到来
擦洗我房屋的窗户。
没有百叶窗将他们遮挡在外。

港湾上空的云堆积，
像堆积在代尔夫特上空的云。
他们有云在水上吃撑了的样子。

死者的头庞大无比。我疑心
他们是否在寻找我的儿子，他的
不费劲的呼吸，他多年的丝带——

但他睡在婴儿床上，不被注意。
看来，相当自然，习惯了
玻璃后的洗涤、殴打和分离

以便交付这闪闪发亮的外观？
一个忧郁男孩牙齿咬着破布
在窗格之间像一个魔术师。

然后，像他们到来一样突然，他们走了。
有一条地平线
只有云从地平线上盯着，

黑兹尔堤岸聚集的天篷，
斯特朗福德半岛被切断的尖端，
房间里的密度我觉得几乎窒息

等到我醒来，平躺在地，一只软木塞，
在我嘴里，其实，是瓶塞，
像草药医生治水肿的一种疗法。

## 邪恶的调子

在树林和湖里，在汽车后备厢、冷冻机、棚屋里，
在部长的公寓中，他们的挣扎

持续得很久，勒死的，毒死的，吊死的
以及劈成两半的，平放着像所罗门的孩子[1]

在两国之间边界的桥上——
斯堪的纳维亚被谋杀的无数死者

正慢慢渗出腐败物进入空气，进入
自来水，必须找到。那么多的犯罪

未结案，你以为那些穿便衣的警察
在他们开放式办公室整天头昏脑涨地

对账簿，或是为欧洲歌曲大赛
偷偷练习。但等等——

丹麦和瑞典聪明的妇女们
在路上：痴情，孤寂，半自闭

没有男人跟她们在一起时极其兴奋，
感觉到，无确切证据，尸体被留下的

地方：在富裕郊区一间公寓的裂缝里
抹上了灰泥，或是在废弃的肉食罐头

加工厂，被捆扎于电梯竖井的电缆中。
F小调，约翰·马特松[2]在1713年写下，

他被抛弃，异常，愤世嫉俗，并招致
巨大不幸。我们无法好好陪伴魔王

在任何别的调子里。它将颠倒一切东西——
铃儿响叮当，牧场是我家，迪克·凡·戴克[3]的

神奇一刻——旋转着它们，绝望
而讽刺，正如森林里玻璃墙的房屋，

洁净的厨房，平板房间
豁然开朗，漂亮的公共运输系统

转化成雾，在灯火辉煌的地下
验尸官工作区大厅里，在那儿

羽毛球队的三个金发女孩

撞击她们残酷的终点。我们被给了

不到一秒钟
看她们撕裂的腿和手。

然后切换到翻腾的海面，有月亮在上空——
音乐越来越糟——然后一无所有。

①见《圣经》记载。

②马特松（Johann Mattheson，1681—1764），德国作曲家、音乐理论家。

③迪克·范·戴克，演员。

## 劝　告

你以为这丑陋：在我们活着就讨厌的那些作家背后下面
用小刀画线。但这就是生活。

一个人受损于著名的合伙人
未分割就莫名其妙地离开。用憎恨划分它。

别骄傲——
诗中的恶意并非不满，它被容许。

大鱼在大海相应地缩小。
划出你的范围

用石墙、压路机，从发光的
夜花喉咙吐出的毒痰。选举弄虚作假。

# 表　演

它拥有我的时光，这座花园仍如此空虚，无法存续。
我责怪树叶：从天空落下，在这样狂野的金雨中
把我拉进来，看它们深与膝平，在花朵
以及铭刻着姓名和日期、信念与痛苦的坟墓上空，
像在下降的船旗。年岁不再经过，所有的人
和地点都在自然之火里消逝，这里唯有死亡
是秋天的，而且她对它太好了。树醒目的毁灭
并无庄严悲痛，只是演习的技艺。
我想知道坟墓将会有什么样的面孔
当冬天来临，她的好戏收场时。

**王海洋**

王海洋（Ocean Vuong，1988— ），出生于越南西贡，两岁时移民美国。他在布鲁克林学院获得19世纪英国文学学士学位，在诗人和小说家本勒纳指导下学习，在纽约大学获得硕士学位。他在《纽约客》《纽约时报》《波士顿评论》等刊物上发表了很多诗歌和散文。

曾获主要奖项：美国诗人学会和大学诗歌奖（2010）、史丹利·昆兹青年诗人奖（2012）、伊丽莎白·乔治基金会奖学金（2013）、露丝·莉莉/萨金特·罗森博格奖学金（2014）、手推车奖（2014）、叙事奖（2015）、怀汀诗歌奖（2016）、托姆·冈恩奖（2017）、凯特·塔夫茨发现奖（2017）、浪达同志文学奖（2017）、前进“菲力克斯·丹尼斯最佳处女诗集奖”（2017）、艾略特诗歌奖（2017）。

·译者·

# 2017年度艾略特诗歌奖获得者

## 越南裔美国诗人王海洋诗选

### 移民的俳文

引导我走向你的道路是安全的
甚至当它陷入海洋时。
——埃德蒙·雅贝斯

*

于是，仿佛呼吸，海在我们下面涨潮。如果你必须确信什么，就确信最艰难的任务是只活一次吧。在一条正在下沉的船上，一个女人变成救生筏——不管她的皮肤是多么柔软。当我睡着时，他烧了他最后那把小提琴，给我的脚取暖。他躺在我身边，把一个词放在我的颈背上，在那里它溶解成一滴威士忌。黄金在我的后背下面生锈。我们曾航行几个月。盐在我们的话语中。我们曾航行——但世界的边缘不见踪影。

*

当我们离开它时，那座城市仍在焖烧。否则那就是一个完美的春之晨。白色风信子在大使馆的草坪上喘息。天空呈现九月的蔚蓝，鸽群继续啄食从被炸毁的面包店飞溅出来的一点点面包屑。破碎的法国长棍面包。压碎的牛角面包。烧毁的汽车。一架旋转木马旋转着它被损坏的马群。他说人行道上导弹的影子变得更大，看起来像上帝在我们头上演奏空中钢琴。
他说，有那么多事情我需要告诉你。

*

星星。倒不如说，天堂的残渣——等待着。小洞。小小世纪敞开，刚好长得够我们溜过。一把被遗忘在甲板上的弯刀干了。我的后背转向他。我的双脚在漩涡里。他蹲在我身边，他的呼吸是不合时宜的气候。我让他用杯子把一小抔海舀进我的头发，并把它拧干。最小的珍珠——都给你。我睁开眼。他的脸在我的双手之间，湿如伤口。如果我们到岸，他说，我会效仿这片海水给儿子取名。我会学习爱一个怪物。他微笑。一个白色连字符在该是他的双唇的地方。有海鸥在我们上空。有双手在星座之间摆动，试图握住。

*

雾升起。我们看见它。地平线——突然消失。一片浅绿色光彩引起冷硬的一滴。干净、仁慈——正如他所需。就像童话。一个人在那本书合上的地方，变成我们膝里的笑。我将桅杆拉到满帆。他把我的名字抛入空中。我注视着那些音节穿过甲板碎成卵石。

*

狂怒的咆哮。大海在弓上崩裂。他注视着它张开，像一个小偷瞪着他自己的心：所有骨骼和碎木。波浪在两边汹涌。船被困在液体的重重高墙中。瞧！他喊道，我看见它了！他上下蹦跳。他一边抓住舵轮一边吻着我的手背。他笑，但他的双眼出卖了他。他笑，他知道他已经毁灭每件美丽的事物，只证明美无法改变他。而这是一个爱发牢骚的人：有一只软木塞在应该是日落的地方。它一直在那里。有一条船是用牙签和胶水做的。有一条船在酒瓶里在壁炉架上在圣诞节聚会中间——蛋酒从红色梭罗杯里溢出。但不管怎样我们一直航行。我们一直站立在弓上。一对结婚蛋糕装在玻璃杯里。海水此刻那么平静。海水，像空气，像时间。人人都在喊叫，或唱歌，他说不上来那歌是不是为他唱的——或他把燃烧的房间错以为是童年。人人都在跳舞，而一个小人儿和一个女人被困在一只绿瓶子里，想着有人正等待在他们生命尽头说嗨！你没有走这么远。为什么你没有走这么远？就像一根棒球棒穿过世界坠落。

*

如果你必须知道什么，就知道你出生的事情吧，因为没有其他人在来临。当你在我体内隆起时，船在摇晃：爱的回音固化成一个孩子。有时我觉得像一个符号。我醒着等待挤压。也许这身体是唯一一个任何回答都消灭不了的问题。有多少吻压碎在我们祈祷中的唇上——只有去收拾残局？如果你必须知道，理解一个男人的最好方式是用你的牙齿。一次，我穿过整个绿色雷暴吞着雨。躺了几小时，我少女时代打开了。在我身下都是田野。多么甜美。那雨。生活落下的东西怎么只能是甜蜜。水削减成意图。意图变成食物。人人都可以忘记我们——像你记得一样长久。

*

心中的夏天
上帝睁开另一只眼
湖里两轮月亮。

# 我为您歌唱

我们创造了它，宝贝。
我们乘坐在黑色豪华轿车的
后座。他们沿路排成队
呼叫我们名字。
他们信任你的金发
和紧巴巴的灰色西装。
他们有一个好公民
在我体内。我爱我的国家。
我假装没什么不对劲。
我假装没有看见那个男人
和他金发碧眼的女儿
寻求掩护，你没在说
我的名字，它也不会出现
像一个屠宰场。
我不是杰基，啊，然而
你头上没有弹洞，瞬息即逝的彩虹
穿过一片尘土的
薄雾。我爱我的国家
但我在骗谁？我正把
你依旧火热的想法憋在心里，
亲爱的，我甜蜜、甜蜜的
杰克。我正伸着手穿过树干
去抓取有关你的记忆碎片，
——我们在那里亲的一个吻
和国家的灿烂。你向后倒下。
你的手松开着。此刻
这座位上都是你，使我的
紫红色衣裙颜色加深。但我是一个
好公民，被耶稣和救护车

团团围住。我爱
这个国家。那些扭曲的脸。
我的国家。蓝天。黑色
豪华轿车。我的一只白手套
闪耀着粉红——
我们所有人的美国梦。

## 违规行为

只有一个动机，就是要……
让他们尽可能长久地跟我在
一起，即使这意味着只留下
他们的一部分。
——杰弗瑞·达默尔

我驶入田野，关掉引擎。

这很简单：我只是不知道
怎样温柔地爱

一个男人。柔情
一个要被击败的东西。

萤火虫成串地
穿过宝石蓝的空气。

你那么安静你几乎就是

明天。

身体被造得柔软
以便让我们

摆脱孤独。
你说

好似汽车灌满

河水。

别担心。
没水。

不过你的眼睛
闭着。
我的舌头

在你胸部的要害部位。
一小绺黑发

像消失的昆虫的
腿。

我从来没有想要

肉体。
它怎么那么精确

从来没有衰退
成失败。

但无论如何，要是我突破
这层皮肤的薄纸

发现心脏

不过拳头大小又如何
但你的嘴张开

朝向耶路撒冷的
广阔。下一步怎么办？

去爱另一个
男人——不让

任何人留下
来原谅我。

我不想让
任何人留下。

去拥有
和被拥有。

用田野把它的秘密
变成牡丹的

途径。

灯用这样的方法
留住它的影子

通过吞下它。

# 最小尺寸

在倒下的橡树后面，
那支温彻斯特步枪嘎嘎作响
在一个男孩早熟的手上。

一绺铜质的胡须掠过
他的耳朵。前进。
她是你的了……

因夏天而沉郁，我
是那头母鹿，一只蹄子翘起
像一个准备刨根究底的问题。

像任何一个神
——被遗弃的东西，我只不过是
想要呼吸。要抬起

这雕刻的鼻口，
从渴望的许多个世纪里，朝向邻近的
一棵矮桃树，它擦伤

在季节的抓握中。
前进，现在那声音
变粗了，开车送她

回家。但那男孩在哭泣
融入一棵树的残骸——面颊脏兮兮
满是鼻涕和碎树皮。

一次，我靠一个男人太近，

以致闻到
一个女人的气味

在他安静的祈祷里——
就像许愿，在把他们的武器
举得离天空更近之前。

但透过制造今晨时分的
颗粒状薄雾，
这个最小尺寸的

距离，我看见两只胳膊
从男孩的抓握里将来复枪分开，
它的金属闪光

透过湿润的树叶变得尖锐。
我看见来复枪……来复枪下来
然后消失。我看见

一顶橙帽挨着
一顶橙帽。没有一个男人
俯身于他的儿子

以追杀的方式，
多少个世纪，必须俯身于
它自己的倒影

啜饮。

# 奥德修斯归来

他进入我的房间，像一个牧羊人
从卡拉瓦乔的一幅画中走出。

这句话剩余的一切
是一绺

黑发滞留
在我脚边。

从风中返回，他呼唤我
用满嘴的蟋蟀——

烟雾和茉莉
从他头发里升起。我等待

夜色消退
在数十年里——在伸手去抓

他的双手之前。那时我们舞蹈

并不了解它：我的影子
使他长着粗毛的影子加深。

外面，太阳继续上升。
它的一片红色花瓣落下

穿过窗户——落在
他舌头上。我试图

把它摘出来
但被我自己的脸

挡住，那面镜子，
它的破裂，蟋蟀，每个音节

都从中喷溅而出。

杜小同作品
《凤凰山》
109.5cm×46.5cm
水墨宣纸
2017

杜小同作品
《晌之》二
248cm×122cm
水墨宣纸
2019

图书在版编目（C I P）数据

诗建设. 2021年. 春季号 / 泉子主编. -- 武汉 : 长江文艺出版社， 2021.3
ISBN 978-7-5702-2044-1

Ⅰ. ①诗… Ⅱ. ①泉… Ⅲ. ①诗集－中国－当代 Ⅳ. ①I227

中国版本图书馆 CIP 数据核字(2021)第 044438 号

主　　编：泉　子　　副主编：江　离　胡　人　飞　廉
责任编辑：王成晨　　责任校对：毛　娟
装帧设计：杜　娟　　责任印制：邱　莉　王光兴

出版：长江出版传媒　长江文艺出版社
地址：武汉市雄楚大街 268 号　　邮编：430070
发行：长江文艺出版社
http://www.cjlap.com
印刷：武汉市籍缘印刷厂

开本：720 毫米×1020 毫米　1/16　印张：13.75　插页：1 页
版次：2021 年 3 月第 1 版　2021 年 3 月第 1 次印刷
行数：6457 行

定价：36.00 元